ももこのまんねん日記

さくらももこ

集英社文庫

ももこのまんねん日記　目次

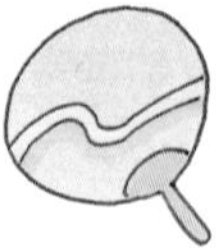

2008年　秋　11
2008年　冬　19
2009年　新年　27
2009年　春　41
2009年　夏　63
2009年　秋　85
2009年　冬　105
あとがき①　112

2010年　新年　115
2010年　春　133
2010年　夏　153
2010年　秋　171
2010年　冬　189
民芸品の店『平田』　194
あとがき②　198

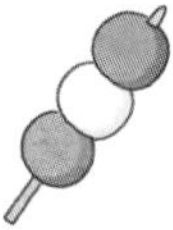

２０１１年　新年　201

２０１１年　春　213

２０１１年　夏　229

２０１１年　秋　245

２０１１年　冬　263

香港のイベントツアー　270

あとがき③　276

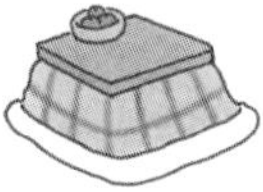

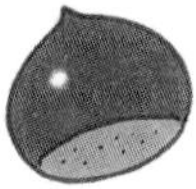

登場人物

さくらめろん

そんな母に困惑することに
なってきた息子。
趣味、ゲーム、お笑い。

さくらももこ

無事で気楽で愉快を
モットーにしている。
趣味、ゲーム、カラオケ、宝石。

父・ヒロシ

いつものんきな男。

さくらプロダクション
（ももこの仕事のすべてをサポートしている会社）
のスタッフ

井下さん

小柄でかわいい
まじめな面白いモノ好きです。
オシャレですよ。

本間さん

さくらプロの大切な経理を担当。
スピッツの大ファン!!
音楽通です。

多田さん

さくらプロの良心と
いえる存在。
北海道在住ですがアニメ担当。

マコちゃん

日記にはあまり書かれてないけど、
うちのスタッフで私のいとこです。
さくらプロ唯一の男性。

ミッちゃん

いつも私（ももこ）に
呼び出されて飲まされる役。
歌も上手だよ。

藤谷さん

大変腕の良い
アシスタントです。頭も良く、
本当に助かってます。

男子の会
（酒を飲みながら、楽しいおしゃべりをする会。
なんとなく友情があつい）の面々

江上さん
小学館の編集長
（わりとお調子者）

植田さん
TBSのプロデューサー
（見た目お調子者）

山崎くん
小学館の編集者
（まじめ）

長尾さん
資生堂の社員
（お調子者）

その他、愉快な仲間たち

モコさん
英会話の先生。かわいくて美人で気さく。

石井さん
ヒカルランドの編集者。不思議なことに関して詳しい。

アイバン
20代の頃はアイドル歌手。「ちびまる子ちゃん」の香港イベントをプロデュース。

野田さん
集英社の文芸担当編集者。おちついているようで面白いモノ好き。

後藤さん
集英社のりぼん担当編集者。酒をよく飲み、よく食べるけどおとめチック。

※肩書、役職は単行本刊行当時のものです。

ももこの まんねん日記

さくらももこ

2008年
秋

マックのハッピーセットを買いに行ったよ、というメールをたくさん頂《いただ》き、ありがとうございました。期間中、私は人に会うたびに「今、まるちゃんハッピーセットだね」と言われ、ハッピーな日々だったよ。

一方、ハッピーなまる子達とは無縁《むえん》な『神のちからっ子新聞』も4巻が出版されたのですが、なぜか4巻はこれまでよりも2割増しぐらい「よかった。ちからっ子新聞の良さを改めて痛感した。こんな本、他にない」と言って下さる声をききました。あの作品はツウ向けの地味《じみ》な作品ですが、自分としてはいろんなテクニックとアイディアを駆使《くし》して作ってきた力作なので、よーく味わって頂けると本当にうれしいです。

まァ、ニュースをきいていても、かなりどうかと思うような事もいろいろありますが、寒くなってきましたので、とりあえずみんなカゼひかないで元気に過ごしましょう。

2008.11.10

Wiiの『どうぶつの森』が発売になり、ツリや虫とりに忙しい日々がやってきました。待ってたのでうれしいです。

『りぼん』の担当の後藤さんが誕生日だったのですが、彼も友達もいないと言い出したので、私がカレーを作り、後藤さんの誕生会をやる事にしました。それで私以外にいたのはミッちゃんだけという、こんな会で後藤さんはうれしいのかなと思ったんだけど、予想以上に喜んでくれたのでよかったよ。後藤さんは私のカレーが食べてみたくて、2年も前から夢だったと言い、夢が叶《かな》ったので目標が無くなったとまで言ってたよ……。後藤さん、さっさと彼氏とか友達とか作って、もっといい目標を持った方がいいよね。私としては、もしなんなら、カレーをタッパーに入れて持って帰らせてあげればよかったかなぁなんて、親心みたいな気持ちでしみじみ思ったりしています。

あー、でも今からまた『どうぶつの森』やろ。

このカレーを食べるのが夢だったんです
後藤さん
夢が叶ってしまってどうしよう…
この人→
すごい飲みます。
2008. 11. 21

いよいよホントに寒くなってきましたね。どうぶつの森でも毎日雪だるまを作っています。

先日、カゼの予防のために、自己流のハーブ酒を作りました。カゼに効《き》きそうなハーブをラム酒の中にいろいろ入れただけなのですが、ずっと前に中国の山奥のおじいさんからもらったカゼに効くハーブの粉がある事を思い出し、家じゅう探してやっと見つけ、それも入れてみました。

見るからに、すっごくまずそうです。まだ飲んでないけど、コレを飲むくらいなら、自力《じりき》で治した方がいいと思うような感じだよ。絶対に効くんならいいけど、効くかどうかよくわからないというのも、飲む気がしない点なんだよね……。これまでにも、2～3回はりきって自己流のこういう酒を作って、飲む気がしなくて丸ごと捨てた憶《おぼ》えがあります。それなのに、またこうして作ってしまう自分がなんでかわかりません。

作った直後から
早くも
後悔・・・
まっずそー・・・
なんでこんなの
作ったんだろ・・・
2008. 11. 28

2008年 冬

本当に大変な世の中になってますね。Q&Aのメールにも、家族がリストラされたとか、体調が悪いとか、その他いろいろきています。「励《はげ》まして下さい」とか「応援して下さい」という声も多く、私もメールを読むたびに心の中では「がんばれ!!」と声援を送っていますが、Q&Aのところでは、簡単に「がんばれ」なんてとても言えないほど重い内容の方も多いのです。うちの会社だって、人数が少ないのでとりあえずどうにかやってますが、いつだってその場その場でやっているだけで、別に何か計画があるわけでもないので、スタッフだって不安だろうし、私だって不安ですよ。でも私が不安そうにしてたら、みんなもっと不安になるだろうから、普通にしているんです。こんな年末になるなんて、今年の初めはあんまりみんな思ってなかったのですから、今度はいい方向に世の中が急展開《きゅうてんかい》することを祈って、とにかく無《ぶ》事《じ》でいて下さい。

こんな
世の中
だけど
うちの会社も
コレといった計画も
なにもないけど
みんな仲良く
がんばろう!!
説得力ゼロ。
しーん
2008.12.10

先週、クリスマスツリーを飾ったのですが、息子《むすこ》は少しも喜んでくれませんでした。2~3年前までは「わーい」ぐらいは言ったのに、もう「わーい」とか言う歳じゃなくなってきたんだな、と思うと寂《さび》しいけど仕方ないよね。いつまでも「わーい」なんて言ってるのも、ちょっと変だしね。……と言いつつ、私はこの歳になってもけっこう「わーいわーい」と言って大喜びしたりします。あたしって一体……。

それで、「男子の会」のメンバーにクリスマス会の連絡をしたのですが、TBSの植田さんだけ来られないというので、みんな少しがっかりしましたが、まぁいいかとあっさり植田さんは流されました。もう、年内に植田さんに会えるチャンスはありません。このように、男子の会は植田さんを置き去りにしてどんどん結束を固めてゆくのです。それにしても、今年の植田さんの活躍《かつやく》といえば、もし植田さんが痴漢《ちかん》と間違《まちが》われても、誰も助けてあげられないという話題にのぼっただけでした。

おーい
クリスマスの
飾り
やったよー
あっ
そう
↑別にたいして
喜ばない息子
2008. 12. 19

男子の会のクリスマス会、楽しかったです。プレゼント交換は3000円と決まっているのですが、毎年みんなくだらない物を選んでいます。私は、今年は『がきデカ』と『魔太郎がくる!!』と、『ハレンチ学園』の単行本と福笑いとスシかるたをまとめて袋に入れた物をプレゼントとして用意しました。本当はニセモノのがきデカのサイン色紙も自分で描いて入れようと思っていたのですが、面倒臭《めんどうくさ》くなりやめました。

プレゼント用の単行本をミッちゃんに買いに行ってもらったのですが、買う時にけっこう恥ずかしかったようです。店の人に「えーと……がきデカと魔太郎がくる!!　とハレンチ学園ありますか?」とレジの前で他の客もいるのに、きいたらしいよ(爆笑)。

今年も残りあとわずかですが、皆さんも楽しい年末年始をお迎え下さい。次は年明けになりますが、来年もよろしくお願いします。

私のプレゼントは、山崎君に当たりました。
ぎゃはは いいなー ハレンチ学園
・・・・
ぎゃはは よかったな 山崎っ
2008.12.26

2009年
新年

あけましておめでとうございます。皆さん、楽しいお正月をお過ごしでしょうか。昨年は、いろんな事件が起こったり、世界的な不景気《ふけいき》になったり大変でしたが、今年は少しでも良くなるといいですね。景気が回復するのは時間がかかりそうですが……。

さて、今年の私の予定はだいたい例年通り毎日4コマを描き、ぼちぼち漫画も描いたりその他キャンペーン等……という感じですが、ちょっとだけ『コジコジ』も描こうかなと思ってます。このサイトでも、コジコジのコーナーを始めようかな……と只今《ただいま》考え中です。

今年何か新しくチャレンジしてみたい事は特にないですねぇ。行きたいと思ってる外国も今のところ特にないです。狭《せま》い行動範囲の中で、仕事をしたり楽しく過ごしたりという、いつもの暮らしが今年も無事にできればいいなぁという、非常に地味な願いを抱いて初もうでに行ってくるよ。では、今年もよろしくお願いしまーす！

もう夕方!?
ハッ
今年も大みそかから元日の朝まで飲んで気づけば夕方。
2009. 1.1

みなさん、お正月はどうでしたか？　私は家でだらだらしていました。テレビ見たり、ゲームしたり、たくさん眠ったり、まぁそんな感じで過ごしてましたよ。

それで会社が6日から始まったのですが、私は5日からだと間違えて、新年会がてら食事でもしようと思ってみんなを誘おうと会社に電話をしたら誰もいなくてションボリしました。ミルコにも間違えて「5日からだよ」と伝えてしまったので、夕方にはミルコが会社にお年始のあいさつに行ってしまったらしく、本当に申し訳ない事をしました。

家では息子の友人達が遊びに来ていたので焼きイモを配ろうとしたら息子に「そんなイモなんて配らなくてもいい。やめてくれ」と言われ、あたしゃ焼いてしまったイモを前に途方に暮れたよ。

新年早々一体何やってんだという事の連続でしたが、いい年になればいいな……と思います。

イモ
いらねーから
えっ
2009.1.9

オバマさんの就任式《しゅうにんしき》、ものすごいたくさんの人が集まってましたね。あんなにたくさんの人が集まってる映像を見るのも珍《めずら》しいですよ。オリンピックとかインドのお祭りとかより多かったですから、大きなお世話かもしれませんが、みんなトイレに行きたくなったら大変だな、と思いました。寒いですしね、行きたくなりますよ、トイレ。そんなトイレの苦労も乗り越えて、みんな応援に来てくれているんだから、オバマさんはホントにがんばらないとならないですね。経済も戦争も環境も、どうにかしてほしいですよ。

話は全く変わりますが、たまに屋台のギョーザが来るんです。それがおいしいので、私は来るたびに走って買いに行くのですが、間違えて竿竹屋《さおだけや》を追いかけそうになる事もあるので、声がきこえたらギョーザか竿竹か或《あ》いは焼きイモか、ものすごく注意をしてきくようにしています。特にごぼうギョーザがおいしいんですよ。

ギョ〜〜ザ〜
まって〜
ギョーザのために
なりふりかまわず
もう必死ですよ。
2009. 1. 21

腕と脇《わき》腹にじんましんが出てしまい、ショックで3日連続早寝《はやね》してしまいました。かゆかったけど、だいぶ治ったよ。

10年近く通い続けた近所の服屋さんが急に閉店する事になり、閉店まぎわに慌《あわ》ててお店に駆《か》け込《こ》みました。店長さんもずーっと同じ人だったので、私の服の好みもよくわかっていてくれて、買った服についてのメモまで全部書いてファイルしてくれて、私が忘れていても「それと同じようなのこの前買いましたから違う方がいいですよ」と教えてくれたり、よく笑う店長さんだったのでさんざん店先でふざけ、毎回買いに行くのが楽しみだったんです。この店がなくなってしまったら、私は次のシーズンから早速《さっそく》着る服に困るし、寂しいよ〜……と思っていたら、店長さんに「またすぐに、近所に開店する予定ですから、ちょっとだけ待ってて下さい。開店したら知らせます」と言われました。おとなしく待つ事にします……。

なるべく早く開店してね。
はい・・・
店員さん→
2009.1.29

DSの『ちびまる子ちゃんDS　まるちゃんのまち』のソフトが発売されました！　制作者の方々にお会いしたのですが、2年間もずっといろいろ苦労して作って下さったという話をきき、感謝です（涙）。まる子の世界観がホントによく表現されていて、すごく楽しいよ！　みなさんもぜひやってみて下さい。まだDSを持ってない人は、この機会にDSｉを入手するのがおすすめです。DSｉの機能はすごいですよ。写真や録音の他、ゲームがダウンロードできるのがいいんです。『鳥とマメ』がおもしろいよ！　特に2の方が私は好きで、あともう少しで10万点です。

じんましんもすっかり治り、アレルギーの検査の結果も、特にコレといった問題もなかったです。よかったよ〜。アレルギーの原因はお酒ですとか言われたら、あたしゃ泣くとこだったよ。

こんなにかわいいゲームを作ってくれて…
じーん
ありがとう
2009. 2. 12

私これまでずーっとカラオケに興味がなく、自分が歌うのはもちろん、人が歌っているのをきくのも避《さ》けたいと思っていたのですが、Ｗｉｉカラオケを買って歌ってるんですよ、最近。

きっかけは、雨の降ってる日に何となく、イルカさんの『雨の物語』を口ずさんだ事でした。それでミッちゃんと飲みながら70年代の歌をきき、酔っ払いながら次々歌い始め、いよいよカラオケを買った方がいいんじゃないかという話になったんです。

カラオケを買って歌う事になったら、いやぁ、あたしゃふざけるふざける。酔っ払って歌ってるオヤジとか、バカだと思ってたけど今ならその気持ちわかるよ。ミッちゃんには朝まで大迷惑かけてます。

ぜひともａｉｋｏに遊びに来て歌ってほしいと思っていたら、なんとちょうどａｉｋｏから電話がかかってきて、「今度行きます！」と言ってくれたので、もう大騒ぎだよ。

あ〜〜〜
迷惑をかけられる
ミッちゃん
ちょっと…
あんまりこっち
寄らないで下さい
2009. 2. 24

2009年
春

お客さんが泊まる部屋をカラオケルームにしようという事になり、ミッちゃんとマコちゃんに手伝ってもらって家具を移動し、カラオケルームができました。早速友達がやってきて歌い、私もミッちゃんも歌い、大騒《おおさわ》ぎです。誰ひとり、おとなしく人の歌をきいていようとせず、必ずみんな一緒に歌い、しかも没頭《ぼっとう》して歌うタイプの者ばかりなので、全員酸欠寸前《さんけつすんぜん》、頭の血管も切れる寸前、脱水症状《だっすいしょうじょう》寸前でフラフラです。次の日は起きてから3時間ぐらい声が出ないよ。でも夕方になると「そんじゃ一杯飲んでから歌うか」という事になります。まさか自分がこんなにカラオケにハマるとは……。私もビックリしてますが、スタッフも友達もビックリしています。

男子の会でも新企画のために年末あたりからちょいちょいみんなで話し合っているのですが、TBSの植田さんだけがなかなか都合がつかず、乗り遅れています。でも、みんな仕方ないから見守っています……。

ミッちゃん
いいカラオケ
ルームできたね。
今から早速
うたおうよっ
疲れている。
2009.3.6

民主党も大変な事になっていますね。どこの党でもいいですから、とにかく良くしてくれる党を望みます。早く!!

と、政局は混乱しておりますが、私のカラオケ生活は盛り上がってまして、盛り上がりすぎてミッちゃんは腰痛になり会社を休みました。しばらくカラオケはできないと言うので、仕方なく一人で練習しています。

今、青江三奈《あおえみな》と椎名林檎《しいなりんご》を練習中なんですけど、林檎ちゃんはまともに歌ったら難しくて歌えないので、超自己流のC調にアレンジして歌ってみたところ、なかなか良い感じに歌える事がわかりました。aikoも難しくて歌えないと思っていたけど、この方法でやれば歌えるかもしれないので、試してみようと思います。Wiiカラオケ、重宝《ちょうほう》してます。

それにしても、歌いすぎにはホントに注意しないと。ミッちゃんは腰痛になりましたが、私は丸一日、少しも声が出なくなり焦《あせ》りました。「あ」も出なかったんですよ……。

2009. 3.12

昨日は、ミッちゃんとWBCの決勝を見ました。始まる前からビールを飲んでいたのでうっかり眠くなってしまい、目が覚めた時には9回裏の大ピンチになっていて驚きました。ミッちゃんはひとりでオロオロしながら日本が勝つのを祈っていたよ。ハラハラしたけど勝ってよかったね。私としては楽天のマー君の活躍をもうちょっと見たかったけど。私もミッちゃんも、親戚《しんせき》のおばさんのような気持ちでマー君を見守っているんです。一方的に。

東京も少し桜が咲き始めましたが、急に寒くなったので、長もちしそうです。春休み直前だというのに、息子はカゼで熱を出してしまい、「情けねぇよう……」と嘆《なげ》きの日々を送っています。もしかしたら、家でおとなしくしてるだけの春休みになるかもしれません。温度差が激《はげ》しい時期なので、みなさんもカゼひかないように気をつけて下さいね。

ザっ
眠ってるっ
ちょっと起きて下さいっここから本番ですよっ
WBC、もうどうでもよくなっている
ガクッ
ビール
2009.3.25

すごく久しぶりに首の筋を違えました。やっぱ、痛いし不便ですね。もうだいぶ治ったんだけど、あとちょっと痛いです。この、あとちょっと痛いって、首の筋が一体どういう具合になってて痛みにつながっているのか、詳しく見れるもんなら見て納得したいですよ。「あー、こうなってるから、ここんとこの神経がちょっと痛いのか」って。納得すると、同じ痛みでも感じ方が違ってくるからね。

いよいよ、ミサイルが来るかもしれない日々に突入しますけど、PAC3《パック・スリー》（地対空誘導弾パトリオット）を運ぶ車もどこかにぶつかったりして、いきなり不安ですよね、大丈夫かなぁ。こんな変な心配をしなくていい世の中になってほしいですね。

それはともかく、F1もK－1も始まり、桜も咲き、その辺の花も咲き、ドレミ※には業務用の冷蔵庫も設置され、私は首の痛いのも忘れてパタパタ忙しくしています。ミッちゃんは腹痛ですが、他のみんなは元気ですよ。

※歌声スナック『ドレミ』：自宅に作ったカラオケルーム

んー…首痛いなァ
どうなってんだろ 首の筋……
↖一応、ちょっと サクラを見ているところ
2009. 4. 2

桜も満開になり、だいぶ暖かくなりましたね。うちの花もいろいろいっぱい咲いてキレイですが、そろそろ虫が出るんじゃないかと思うと恐怖です。

この前、カラオケ用のコスプレ衣装が届き、ミッちゃんと一緒にわくわくしながら着ていたら、息子に見られ「何やってんの？」と言われました。ミッちゃんはナース、私はセーラー服を着ていたので、ホントに何やってんだろ……という思いでいっぱいになったよ。ミッちゃんなんて、注射器片手に持ってたからね、完全にどうかしてます。

今、久しぶりに『コジコジ』を描いています。8月号の『りぼん』に載る予定です。カラーもかわいいので見てね。今月の15日には、コジコジの1～2巻が集英社からリニューアルされて出ますので、まだ読んでない方はぜひ読んで下さい。『4コマちびまる子ちゃん』の4巻と、『ちびまる子ちゃん』16巻も同時に出ます。さくら祭りだそうです。ありがたい事です。

2009.4.10
は？
何やってんの!?
しーん

さくら祭りと同時に、出来上がった単行本が届いたのですが、4コマも、まる子の16巻も、コジコジも、久しぶりに読んでみて思わず笑ってしまったりしています。コジコジに出てくる、スパイダー仮面はお気に入りキャラなので、6月にコジコジの4巻が発売されたらぜひ見て下さい。今、『りぼん』の原稿を描いているのですが、それにもどうにかしてスパイダー仮面を登場させたくてあれこれ考え中です。でも、意外と人気なのって、やかん君なんですよ。多くの人が、ふっとうに共感しているようです。今のところ、スパイダー仮面をひいきにしているのは、私とミッちゃんだけだよ……。

4コマの4巻と、まる子の16巻、どちらも大活躍なのが藤木ですが、山根の活躍もお見逃《みのが》しなく。私はついついどうでもいい地味キャラにスポットをあててしまう傾向《けいこう》があるんです。昔から。それ、わかってるんですけど、やっちゃうんですよねぇ……。

コイツがお気に入りのスパイダー仮面でーす…
ハイ!!
かわいこちゃんはこっちこっち
ヒヒヒ
大ブレイクの予感ゼロ!!
2009.4.20

先週のSMAPの草彅君の事件は、同じ酒飲みとして他人事とは思えず、記者会見でも気の毒だなァと思っていたら、世の中の酒飲みの人達の意見もみんな同じだったのでなんか少しほのぼのとしました。私だって過去2〜3回、ブラックアウトありますし、今後も絶対ないとは誓《ちか》えません。でも、気をつけようとは思います……。

草彅君にビックリしたと思ったら、もう今や世間は新型インフルエンザ一色になりつつありますね。こんな季節にインフルエンザにおびえる事になろうとは、一寸先は闇ですねぇ。未知のウイルスって本当に怖いです。早くワクチンができるといいんですけど……。今回の新型より、やっぱり心配なのは前から言われている鳥です。もし同時に鳥も始まったら世界は大変な事になります。鳥が新型に遠慮《えんりょ》してくれりゃいいですけどね、とにかく鳥のワクチンもバッチリ効くやつを全員分用意しといてほしいと思います。

2009. 4. 28

今年のゴールデンウィークはもう終わったかと思ったのですが、もしかして10日までですか？　よくわかんないですけど、私は明日誕生日なので、明日で44歳になります。明日、Q&Aのコーナーにおめでとうメールを送ろうと思っている方、ありがとう。先にお礼を言っておくよ。そしてきっと、次の「ももこの近況」でもありがとうって言うよ!!　あ、わざわざメールを送らなくても心の中でおめでとうと言ってくれるだけでもいいし、別に忘れちゃっても全然かまいません。そのへん、気にしないで下さい。

それにしても、自分が子供の頃は親が44歳ぐらいの時、よく平気で44年も生きてられるなぁ、そんな歳まで何して生きてきたんだろ……と思ってましたが、実際《じっさい》その歳になってみると、別に今まで平気で生きてきたわけでもなく、何かといろいろありました。でも、数年前、息子に「お母さん、40年以上も生きて何してたの？」と言われ、ハッとしました。

2009.5.7
よく
40年以上も
生きてるなァ…
飽きないのかな
…と
子供の頃に
思ったけど
歳とるごとに
面白くなって
きてるよ!!

たくさんのお誕生日メールをありがとう!! みなさんの温かい励ましと応援に支えられ、無事に元気に44歳になれた事に感謝しながら、楽しく誕生日を迎えました。今年はドレミでカラオケという、ばかばかしくも大笑いな誕生会だったよ。

キヨシロー(忌野《いまわの》清志郎)さんの事では、泣くまいと思っていたのですが、ミッちゃんとカラオケの最中、キヨシローの歌を歌ったとたん、わんわん泣いてしまいました。高校の頃からずっと聴いてきた思い出や、ラジオ番組で初めてお会いした時の事や、まる子のテーマソングを作曲してくれた時、デモテープを自転車に乗って届けてくれた事など、いつだってキヨシローはロックでカッコ良くてシャイで優しくて……もう新曲が聴けないんだと思うと、とっても悲しいです。今までのアルバムも、泣いちゃうから当分聴けません。こうなるから泣くの我慢《がまん》してたんですけど、ムリだったよ……。

2009. 5. 14

息子が「今日、学校で『土踏《つちふ》まず』の話になってさ、オレ土踏まずの事知らなくて、足の裏にある事初めて知ったよ」と言ったので私は驚き「知らなかったの!? そりゃごめんね。お母さんが教えるの忘れてたかもね」と言うと、「他にも知らないヤツ、何人かいたよ」と言っていたが、少なかったに違いない。

私は土踏まずがほとんど無く、土踏みの足だと言ったら、息子は「オレもだよ」と言い、続けて「足の裏の土踏まずみたいな感じでさぁ、てのひらにも壁あたらずがあるよね」と言って、てのひらを壁に押しつけたので、私は爆笑しながら「あるある、壁あたらずあるねー」と同意した。

息子はこの前15歳になったのに、まだ私といろいろ喋《しゃべ》りたがってくれるのでホントにかわいいです。でも、朝起きたばかりの時は眠くて機嫌《きげん》が悪く、ほとんど喋りません。朝は私だって辛《つら》くてもがんばって感じ良くしてるんだから、感じ良くしろと言ったら、やだと言われました。

2009.5.22

2009年
夏

昨日、たまたまドキュメンタリーの番組で御殿場《ごてんば》事件というのをやっていて、以前にもこの事件の途中経過を見た事があったので気になって見入ってしまいました。

この事件では、結局4人の男性が強姦《ごうかん》未遂容疑で1年6ヵ月の有罪という判決になったのですが、「なんで!?」と思う点がとてもたくさんあるのです。もし、えん罪だったら、判決が出るまでに費やした彼らの消耗《しょうもう》した年月プラスこれからの服役《ふくえき》中の年月や御家族も含《ふく》めた苦悩《くのう》を誰がどうやって責任とるんだろう……と思ってしまいました。こういう例は他にもあるんだろうと思いますが、本当に間違ってはいけない事だと思います。だから、裁判員制度ってすごく重いですよね……。でも、一般の人の意見が反映される事は良い部分もあるのかもしれないなぁと思ったりもするのですが、一方的に指名するんじゃなく、まず希望者を募って、ちゃんとした判断能力があるかどうか調べてから参加させてもいいんじゃないかと思います。

2009.6.2
えー…、この判決って……
容疑をかけられたみなさんも御家族もかわいそう…

梅雨《つゆ》になり、うっとうしい時期ですが、私はそんなに嫌いじゃありません。乾燥してるより肌の調子がいいし、気温もわりとちょうどいいし、日が長いのもいい時期です。夜になる前の、遅い夕方頃のちょっと明るい空が特にいいですね。ビール飲みながら花火でもやろうかという気分になります。

さて、この前は御殿場事件の事をとりあげましたが、今週は菅家《すがや》さんですね。あんなに長い月日を、間違いでしたじゃ済《す》まないですよ。大変な事です。大変な事といえば新型インフルエンザの流行拡大ですね。まだまだ気をつけなくてはなりません。冬になる前にワクチンが出回ってほしいですね。

ところで、注目はオタマジャクシが空から降ってきたという事件です。オタマジャクシ以外のものも降ってきているみたいですね。なんかもっといい物が降ってくるといいんですけどねぇ。

落ちてたらやだな…
近所にも降ったんじゃないかとオタマジャクシにおびえる日々。
2009. 6. 12

先週は、ちょっとカゼをひいてしまい、まさかインフルエンザでは……!? と思いましたが別に熱は出なかったので、ただのカゼでした。なんとなくダルくてねぇ、喉《のど》が変な感じだったんですよ。なのでネギとショウガとニンニクを入れたスープを飲んで、カゼ薬を飲んで寝たらものすごく汗が出てすぐに治りました。最近は、カゼかも……と思ったら早めにこうやって治しています。

カゼも治ったし、よかったと思っていたら今度は左肩付近の筋を違え、折《おり》にふれては痛くて困っています。これは簡単に治らないですね。早く治ってほしいです……。

毎日スッキリしない天気で、梅雨らしい感じですね。今年はライチとサクランボをいっぱい食べたいと思います。この前、集英社の野田さんから「佐藤錦《にしき》よりおいしいらしい」というサクランボをもらったのですが、ホントにおいしくてびっくりしたよ!! それ以来、サクランボが気になってるんです。

コレ、佐藤錦よりおいしいらしいです
野田さん。ちょっとスパフラのシホに似てると思うけど、本人は全否定。シホに申し訳ないそうです。
2009. 6. 23

　この前、「今年はサクランボをいっぱい食べたいと思ってます」と書いたとたん、たまたま次々とサクランボをもらい、この一週間サクランボを食べ続けています。桃も届き、いよいよ自分の名前をどうしてもふと想ってしまう日々到来《とうらい》ですよ。

　そろそろ笹を買ってこなくてはなりませんね。皆さんは笹飾りしますか？　あんなの、しなくてもいいんですけど、私はやりたいんです。去年もやったし。ミッちゃんは「6億円あたりますように」って書いて吊《つ》るしてました。人んちの笹にだよ。そんなもん、自分ちの笹に吊るせって思いますけど、今年は何て書くつもりなんでしょうねぇ。

　ところで、今Ｗｉｉ『スポーツリゾート』をやっています。いろいろすごく面白いよ。ああ、こうして書いていたらまたやりたくなってきたよ。じゃあ、また来週。暑いけど元気でお過ごし下さい!!

また6億円て書いてある…
6億円あたりますように
ミッちゃんのたんざく
2009.7.3

初めてカラオケBOXに行きました。いつも家のカラオケでミッちゃんと歌っていたけど、たまにはカラオケBOXに行こうという事になり、渋谷の「シダックス」に行ったんです。

私とミッちゃんは、立って歌うので、カラオケルームのテーブルを隅《すみ》に移動し、いつも練習している歌を次々歌いまくりました。やはり、家より音《おん》響《きょう》が良いので気持ちいいですね。食べ物もおいしいし、お酒も飲めるしタバコも吸えるし、あたしゃシダックスがすっかり気に入ったよ。

初めてといえば、この前の日曜日、選挙の投票に行きました。この歳になって投票に行くのが初めてなんて、今まで何やってたんだと思いますが、何となく面倒臭かったり忙しかったりして行かなかったんです。すいませんん……。投票所、混んでるかと思ったらものすごくすいていて、私ひとりしかいませんでした。係の人達がものすごく親切で、投票に行ってよかったと思ったよ。次も行きます。

いいねぇ
シダックス。
たこやき
おいし～
次、a-ko。
歌いま
しょう!!
入れとき
ますよ。
2009.7.15

岡本さんの御招待で、ものすごく豪華《ごうか》なホテルに息子と一緒に泊まった。ホテルでは、岡本さんの奥さんやお嬢さん達も歓迎してくれて、夜景《やけい》のキレイなすばらしいレストランでごちそうになり、部屋に戻って『ドラクエ』をやって寝た。それが息子の夏休み初日だったので、息子の夏休みでこれ以上いい日はたぶんもうない。まる子が花輪クンの別荘に招待された時と同じだ。それにしても、岡本ファミリーにはいつも本当にお世話になり、息子も小さい頃からかわいがっていただき、大変感謝しております。

私達がホテルで楽しく過ごしていた頃、我が家を訪れたミッちゃんは、カメが1匹死んでいるのを発見し、恐怖に震《ふる》えながらも土を掘って埋めてくれたそうです。ホテルから戻り、ミッちゃんから「カメが死んでいたので埋めておきました」という報告をきいた時、あたしゃさすがにミッちゃんに申し訳ないと思ったよ。ごめん、またシダックスに行こう。

夏休み中に これ以上 いい日って あるかな？
たぶん ないと 思うよ…
…その頃 ミッちゃんは…
2009. 7. 23

暑い毎日ですが、お元気でしょうか。私は日中はなるべく室内にいるようにしていますが、たまに外出する用事があるとあまりの暑さにビックリして、このまま溶けて蒸発《じょうはつ》するんじゃないかと心配になります。急に天気が悪くなって雷が鳴るのも恐怖ですよね。竜巻《たつまき》がくるんじゃないかと警戒しますよ。家の中でも、ゴキブリがいるんじゃないかと思うとハラハラするし、窓を開ければ蚊《か》が入るんじゃないかと気が気じゃないし、スイカを食べれば下痢《げり》するんじゃないかとビクビクするし、ミッちゃんが屋形船《やかたぶね》に乗るときけば川に落ちるんじゃないかとドキドキするし、夏は大変ですよ。

しかしながら、ドラクエだけは順調に進み、ラスボスも先日倒し、その後宝の地図もたくさんクリアしています。今、けっこう無敵ですね。なんか、外国まで冒険に行ってきたような気すらしてます。ドラクエ以外では、ビクビクした地味な日々です。

雷鳴りそう…こわいなァ
お腹も痛くなりそう…
外出してもすぐ帰りたくなります。
2009.8.3

静岡県で大きな地震が起こり、びっくりしました。東京もけっこう揺れて怖かったです。私はたまたま起きてテレビを見てたんですけど、緊急《きんきゅう》地震速報が急に画面に出た時には、ハッとしてドキドキしたよ。それから10秒ぐらいして地震がきたんだけど、来るってわかってると、いきなり来るより気持ちが落ちついているもんですね。10秒前でも覚悟できてた方がいいなァと思いました。ほぼ同時刻にインド洋アンダマン諸島沖でも大きな地震が発生しているんですよね。関係ないかもしれないけど、関係あるのかも……って思ってしまいます。地球の事は、まだまだわかりません。人間にはどうする事もできないので、どうかお手やわらかにと祈るばかりです。

のりピーにも、びっくりしました。大変な事ですが、お子さんが大切に育ててもらえるといいなと思います。

台風もまだこれからシーズン本番ですから、皆さんも気をつけて下さいね。

これは ハッとしますね。
そんでドキドキします。
緊急地震速報です
えっ どうしよう
2009. 8. 11

今年はスズムシを飼いたいと思い、井下《いのした》さんにデパートで買ってきてもらった。よく鳴いてるよ！　来年は、いっぱい増えるといいなと今から楽しみです。

そして、この前カメが1匹死んでしまったので、昨日ミッちゃんと一緒に子ガメを買いに行きました。ホシガメの子供です。1匹だけ買おうと思っていたのに、あまりにカワイイので、つい2匹買ってしまいました。エサを食べる姿も眠っている姿も、何をしても超カワイくてたまりません。このままずっと赤ちゃんでいてほしいと思ってしまいます。この前死んだカメは10年ぐらい生きていたのですが、まだまだ生きられたと思うとホントに残念です。今度のこの子達は、ずーっと長生きできるように大事に育てようと思ってます。

今日は男子の会をやるんだよ！　平日なので、全員飲みすぎに注意です。

かわい〜っ
見飽きないよねー
ハナちゃん
カメ吉
2009.8.19

ミッちゃんと飲みすぎ、久しぶりに二日酔いになった。家で飲んでいたのだけど、なんかすごく調子にのって「飲もーっ」とか言ってふたりでゴンゴン飲んでしまい、ミッちゃんが帰ったあとすぐにバッタリ寝込み、一晩中気持ち悪くて頭も痛かった。それでも、ミッちゃんが無事に帰ったかどうか心配だったよ。

その頃ミッちゃんは、フラフラしながら家にたどり着き、ダンナさんに「水持ってこーい」とえばり、ダンナさんに嫌われたそうです。そりゃやだよね（笑）。翌日の昼すぎまで私は頭が痛くて涙でしたが、午後2時頃にはすっかり良くなりました。ミッちゃんは酔っ払ってダンナさんにえばった事を反省していたよ。

これからサンマの季節になり、飲みすぎる可能性も高いので気をつけようと思います。まだカツオもおいしいですしね、なにかと気をつけないと大恥だよね……。

あったま いてー…
ガンガン
年に何回か こうなります。
この場合、かなり飲んでます。
2009. 8. 28

2009年
秋

今『りぼん』の2月号のちびまる子ちゃんのカラー扉《とびら》を描いています。2月号というのは、お正月に発売されるので、まる子に晴れ着を着せたのですが、非常に時間のかかる絵柄にしてしまいました。「しまった……これは時間がかかるぞ……」と思ったのですが、もう手間をかけて下絵を描いてしまったので、今更《いまさら》引っ込みもつきません。この夏、ドラクエに費やした莫大《ばくだい》な時間が惜《お》しまれます。あの時間があれば、このイラストも余裕《よゆう》で完成し、ついでに4コマも20本ぐらい仕上がったんじゃないかと思います。そう思うのに、まだドラクエをちょこちょこやっているんですよ。一体、ドラクエって何だろうと思います。もうドラクエの世界の人の頼みなんてきいてる場合じゃないことぐらい充分わかってるのに、ついつい頼まれると引き受けたり、これ以上強くなっても仕方ないのにレベル上げしたり、オリハルコン持て余してるのにメダル探したり、そろそろやめ時かな……と思ってます。

ちょっと
休けいして
ドラクエ
やろうかな
ドラクエで失った時間を
惜しみながらも まだ
ドラクエをやめられない。
2009.9.8

先週、息子が修学旅行で京都・奈良に行き、お土産に「せんとくん」のストラップをくれた。今まで、せんとくんの物を欲しいと思った事もなかったけれど、実際に行った人からもらうと「お、せんとくん!!」と思い、うれしいもんですね。もらったとたん大笑いしたけど。もう早速ケータイにつけたよ。

そういえば、今年はうちで育てたパッションフルーツの実がけっこうとれました。うちでとれたフルーツや野菜って、だいたいあんまりおいしくないのですが、今回のはなかなかおいしかったよ。パッションフルーツなんて遠い南国じゃなけりゃとれないと思ってたのに、うちでもとれるなんて、これも温暖化のせいでしょうか。あ、おいしかったといえば、夏にとれたクワの実もおいしかったよ。おいしくないといえばチョコレートベリーですが、今年は果実酒にしてみました。もうそろそろ飲める頃なんですが、あんまり飲む気がしません。どう考えてもまずそうで……。

…なんかドブみたい味しない？
ドブがどういう味だか知りませんが、そんな気がします……
チョコベリーを飲んだ感想。
2009. 9. 18

『クレヨンしんちゃん』の臼井儀人《うすいよしと》先生が亡くなってしまい、とてもひと言では言い表せない気持ちです。

行方不明になっていた時から、息子と心配していたのですが、亡くなったというニュースをきき、我が家は静まり返りました。

息子は小さい頃からしんちゃんが大好きで単行本も全部持っており、しんちゃんのポーズをまねして撮った写真もいっぱいあります。「あと1巻で、しんちゃん50巻だったのに……。信じられないよ、こんなの夢ならいいのに……」とつぶやいて、息子はうなだれたまま顔をあげませんでした。

私も、同じ家族漫画を描いている事もあり、いつか臼井先生とお会いできるかもと楽しみにしていましたので、本当に悲しいです。まだたくさん描きたい作品があっただろうな……とか、御家族の事を思うと涙がでます。今はただ、御冥福《ごめいふく》をお祈りするばかりです。それからしんちゃんを描いて下さってありがとう。

©臼井儀人

うちに駄菓子屋のコーナーを作ろうと思い、ミッちゃんと息子と、小学館の生川《おいかわ》さんと一緒に日暮里《にっぽり》の駄菓子屋さんに行った。

行ったら、あれもこれも欲しくなり、店の中をグルグル何回も回って、じゃんじゃん買った。ラーメンもクジもイカもいっぱい買ったよ！　うまい棒も山ほど買ったよ！　持ちきれないので、送ってもらう事にしました。

その荷物が届き、早速駄菓子屋コーナーを作りました。私とミッちゃんがせっせとお菓子を並べたのですが、これがまあ、本物の駄菓子屋のようになり、見ているだけでもわくわくするよ。ビールのつまみになる駄菓子もいっぱいあるので、どれで飲もうか迷うのも楽しいです。

一応、クジも引いてみたけれど、ミッちゃんも私もハズレました。家にあっても、ハズレたら何ももらえないので残念です。私はゴム製のカエルが欲しいのですが、手に入るかどうかわかりません。ミッちゃんはゴム製のコウモリが欲しいそうです……。

SHOCK
ココア
シガレット
コレ見て!!
2009.10.1

先週は、集英社の後藤さんがうちに来て一緒にサンマを焼いたり、男子の会の長尾さんが来たり植田さんが来たり、台風が来たり、いろいろたくさん来た感じの週でした。岡本さんちのお嬢さんのあっちゃんとむっちゃんも来たよ。うちは毎日ワイワイにぎやかです。それにしても、台風が去った後の東京の景色はすごいキレイでビックリしました。雨や風で汚れた空気がブッ飛んで、ピカピカになったんでしょうね。

ドレミの駄菓子屋も大好評で、みんな大人なのに大喜びでどれにしようか迷ったり、クジを引いたりしているよ！「こんなにもらっちゃ悪いかな……」なんて遠慮《えんりょ》したりしている姿も面白いです。アイスクリームを入れる冷凍庫やジュースの冷蔵庫も届き、本格化して参りました。家の中をこんなにしてしまって、「あんた一体どういうつもり?」と言われたら、「さあ……」と額《ひたい》にタテ線でクビをかしげるしかありません。

こういうお店屋さんの冷蔵庫が欲しかったんだー!!
2009.10.13

息子がインフルエンザにかかってしまい、大変です。学校でも流行《はや》っていて、学級閉鎖になっていたりしたので、ハラハラしていたのですが、とうとう……という感じです。

病院でタミフルと熱さましをもらって、だいぶ回復してきましたが、まだ38度近くあるのでダルそうです。私も感染しないように厳重警戒《げんじゅうけいかい》しつつも、心配だしかわいそうなのでちょくちょくちょくちょく様子を見たり世話をしているので、きっともうすぐ発病するだろうなァと思っていたところ、「お母さんもたぶん既《すで》に感染しているので、発病予防のためにタミフルを飲んで下さい」と病院で言われ、それで今のところ元気で生活しています。

自分も、いつインフルエンザになるかわからないから、今のうちにちょっとまとめて仕事をやっておこうと思い、2〜3日がんばってやりました。ずいぶんはかどったよ。このまま発病しなければ、ただがんばった人という事になります。

かわいそうだよ〜〜早く治るといいねえ
うん…
2009. 10. 20

全く用もないのに買ったドレスが届いた。カタログを見て、すごいカワイイから欲しくなり、ミッちゃんにも相談したところ「カワイイけど、ほんっとにどこにも着てゆけないタイプのドレスですよ、コレは。先生はパーティーにも行かないし、パーティーに行くとしても、このドレスはちょっと……」と、使い道の無い事を強調していたが、それでもいいからと注文したのである。

届いてみると、ミッちゃんの言ったとおり、ほんっとにどこにも着てゆけない。例えば私が外国人で美人で27歳ぐらいだったとしてもコレを着てその辺をウロウロしていたら、まともじゃないと思われるだろう。ましてや、15歳の息子がいる44歳の私がコレを着て外出したら、気味悪がられてタクシーも拾えないに違いない。

だから、家の中だけで着る事にします。ミッちゃんと、ドレミで歌う時だけ……。あ、ちなみにこのドレス、わりと安物です。

これが
そのドレスです…
2009.10.29

だいぶ寒くなりましたね。みなさん、お元気ですか。

先週は、GReeeeNが解散するという情報が流れ、私はもうちょっとで泣くところでした。見ず知らずのGReeeeNですがこちら的には一方的に思い出があり、あの歌もこの歌も、いつだってGReeeeNがいたじゃないかみたいな気持ちになり、まさかこんな短い年月で突然やめちゃうなんて、わけわかんないよ〜、やだよ〜、とミッちゃんにすがって泣く寸前でデマだと判明しました。ほんっとに泣かなくて良かったです。その日は集英社の野田さんがうちに来て飲む約束をしてましたから、デマで泣いてたら笑い者でした。しかしながら、短期間非常に優れた仕事をして突然パッとやめちゃう写楽みたいな人もいますから、まさかGReeeeNも!? とドッキリしたんですよ。

その次の日は、ミッちゃんとモコと原宿へ行って、プリクラを撮って帰ってきました。

まるでキャンディーズみたい!!
(モコだけ…)

プリクラの写真

2009.11.9

マックのハッピーセットのまる子人形を集めて下さったというメールをいっぱいいただき、ありがとうございます！　あれ、かわいかったですね。また来年も、楽しくてかわいいオマケが作ってもらえるといいなと思っています。

私が買ってしまったドレスについても、予想以上に反響があり、「見たい〜」というメールをたくさんいただきました。そうですね、本か何かでお見せできる機会を作ろうと思います。あのドレス、着る機会がないですからせめて皆さんにお見せするだけでも役に立ってもらいたいですしね……。

そろそろクリスマスの飾り付けをし始めました。いっぺんにやるのは大変なので、少しずつやっています。冬がきたっていう感じがするよ。いよいよ本格的に寒くなってきましたね。インフルエンザがまだまだ流行《はや》ってるみたいなので、皆さんも気をつけて下さい。私はほとんど家の中にいますが、カゼには気をつけます。

このツリーも3回目だね
高かったけど、もう元とりましたね
2009.11.20

2009年
冬

先週、日帰りで京都に行ってきました。前に『富士山』※で、「平田」という民芸品のお店を紹介したのですが、憶えている人は手を挙げて下さい。ハイ、けっこうですよ、ありがとう。今回は集英社の仕事で、その平田に取材に行ったんです。

平田では、この店のおじいさんが昔からコツコツ集めた全国の民芸品を売っているので、ものすごく古い物もいっぱいあり、民芸品が好きな人にとってはもうたまらない店なんです。店の中で「キャー♡」と叫びたくなるほどカワイイ民芸品が揃《そろ》っていて、気絶しそうになりました。

その後、京料理の「ます多」に行って、おいしい料理でまた気絶しそうになりましたが、日帰りなので倒れてる場合じゃないし、どうにか終電ギリギリの新幹線に乗り、座席に着いたとたんやっと気絶しました。そしてそのまま東京駅に着き、ミッちゃんに「東京駅ですっ」と体を揺さぶられるまで気絶してました。なんかもう、めくるめく一日だったよ。

※さくらももこ編集長の雑誌。現在、入手困難。

いちばん 気に 入っている
だるまの 民芸品
(平田で購入)

すごく 小さくて かわいい♡

2009. 12. 1

年末進行で、新聞の4コマ他いろいろ早めにやらなくてはならなくて、こんとこ少し忙しく仕事してました。でも、もうだいたいやり終わったよ！またいつものペースでコツコツ仕事してれば大丈夫です。

さて、仕事やりつつ、『Newスーパーマリオブラザーズ』もやっています。私、コレ下手なんですけど、もう必死でどうにかこうにか進んでいます。23日には『ゼルダ』も出ますから、それまでにピーチ姫を助けなくては……と思ってるんですがねぇ。更に、まだ『ドラクエ』もやってるんですが、ドルマゲスをレベル99まで育ててやっつけた後、今はエスタークを育てています。私、エスタークが大好きなので、ぜひとも99まで育てたいです。すいません、ゲームの話ばっかりで。だからって、急にタイガー・ウッズも大変ですねぇなんて、そんな話してもしょうがないですしね。

そんなわけで、仕事とゲームに明け暮れてる毎日です。

助けて…またマリオ失敗した…もうピーチ姫救出ムリかも
じゃあ仕事しろよ
冷たい息子
2009.12.14

今週は、クリスマス会やカラオケなど毎日飲んで騒いで大盛り上がりです。珍しくタクシーもなかなか拾えなかったりして、やはり年末はこうでなけりゃと思ったよ。寒いけど年末のワイワイしてる感じは楽しいですね。

こうやって飲んで騒いで声まで出なくなっているのに、マリオに続きゼルダも発売されたので、ゲームもかなりやってます。ゼルダやり始めたら面白くて途中でやめられず、睡眠時間がもうないのですが、それも仕方ありません。年末のテレビもいろいろ見たいし、ホントに仕事を早めにやっといてよかったです。

話は変わりますが、まる子の『おどるポンポコリン』を、木村カエラちゃん※が歌ってくれる事になりました!! レコーディングにも見学に行ったのですが、カエラちゃん超かわいくて歌もすっごく良かったよ! 曲のアレンジは電気グルーヴの石野卓球さんがやってくれて、あたしゃうれし涙だよ。皆様、お楽しみに!!

※2010年1月から1年間限定。現在は終了。

あらら
ジングル
ベ～ル
みんなスゲー
酔っ払ってる
男子の会
2009.12.25

あとがき①

二〇〇八年の後半にリーマンショックが起こって以来、世界中が不況に包まれました。安売り、デフレ、買い控え、ローンの破たん、会社倒産など、負のスパイラルってこれかという現実が押し寄せる中で新型インフルエンザが発生し、人類はもう心身共にくたくたです。

不況やウイルスなどの人類の問題とは無関係に、自然は猛威をふるいます。熱波や寒波が次々来襲し、世界各地で地震や火山の噴火が発生しています。

いつどこで何が起こるかわからない不安な世界の中で、日本国民の多くが希望を託したのは民主党でした。問題山積の世の中を変えてゆくのは容易な事ではありませんし、個人レベルの不満や要求に折り合いをつけるのは非常に難しいと思いますが、これまでのような杜撰《ずさん》な政治や行政の管理体制から、きめ細やかで納得のいくシステムになってほしいと思います。

これから地球がどうなってゆくのか、環境問題や戦争の事を考えただけでも不安になりますが、個人の幸せは国家ではなく個人の意識の中にあります。

こんな時代だからこそ、世の中の漠然《ばくぜん》とした不安に流されず、落ちついて悔いのない選択ができるようにしたいものです。例えば何かのワクチンひとつとっても、自分に本当に必要なのか、リスクはどうか等、落ちついた選択が必要です。ひとつひとつの物事に対しての情報が多い現在、自分自身の判断力の重要さをとても感じます。

自分が本当に求めている事は何か、自分と他《ほか》との繋がりのバランスをとるために必要な事は何か、このような事を考える時間は大切です。答えが出る事ばかりではありませんが、自分と向き合う時間の中で得る事はたくさんあります。

重苦しい時代ですが、自分と向き合いつつ日常の中で多くの事を感じ、味わい、理解しながら楽しく生きてゆけるようにがんばりましょう。

いつもたくさんのご声援、本当にありがとうございます。毎日感謝しています。

さくら　ももこ

2010年
新年

あけましておめでとうございます!! 昨年中はいろいろお世話になりました。また今年もいろいろお世話になるかと思いますが、どうぞよろしくお願い致します。

さて、不況も長びいておりますが、世の中が不景気でも個人的にはこまごまと楽しい事がいっぱいある年になるといいなと思います。ウィルスや事故や天災等の災難から身を守り、まず無事で、あとは張り切って積極的に楽しい事を考えながら生活してゆこうかなと思ってます。これが今年の抱負です。なんだ毎年だいたい同じじゃないかと思ってる皆様も多いかと思いますが、私、毎年新鮮にそう思ってるんです。逆に言えば、毎年その程度しか思ってないというか……。

何はともあれ、皆様もどうかご無事で楽しい一年になりますように、心から願っております。今年も、このサイトにもたくさんメール下さいね。待ってまーす!!

無事
気楽
ゆかい
毎年同じですいません
あとは食べすぎに注意です
2010.1.5

この年末年始は、みんなで飲んで騒いだりゲームで大冒険したり、お参りに行ったり本を読んだり、体重が増えたりダイエットをしたり、なんかもうあれこれいろいろ忙しくて半年ぐらい過ぎたんじゃないかという気がしてます。まだ始まって1週間しか経ってないなんて、わかっちゃいるけど意外ですよ。

『4コマちびまる子ちゃん』の6巻が出ました。今回はおばあちゃんとこたつに入ってるまる子が表紙です。まとめて読むとまた面白いので、ぜひ皆さんも読んで下さいね。『りぼん』の2月号にも最新作のまる子が載っています。これも非常に面白くてちょっといい話なので読んでみて下さい。カラー扉も苦労して描いたので見ていただけたらうれしいです。あと、エッセイ『ひとりずもう』も文庫本が出ました。これは巻末にちょっとだけQ&Aが載ってます。

今年はエッセイも出せるようにがんばろうかな……と少し思ってます。

年末年始が終わって…
ボーッ
わい
わい
わい
2010.1.8

このまえ夜中に自分の部屋で派手に転《ころ》んだ。仮眠して起きたばっかりで、まっ暗な中で何かにつまずいて転んだけど、転んだ直後は寝ぼけているのもあって、自分に何が起こったかわからなかったよ。

3秒ぐらい経って、「いってー!!」と叫び、電気をつけてみたら窓のブラインドは壊《こわ》れ、ヒジはすりむけて血が出てるし、足は赤くなっていました。いろいろと気をつけて生きているつもりだったのに、自分の部屋でこんな災難にあうなんて、あたしゃ一体っていう感じだよ……。それにしても、カオとか頭をケガしなくてよかったです。ヒジもすりむけただけでよかったです。

ところで、まる子のオープニングのカエラちゃんの歌、よかったでしょ!!まる子の20周年にこんなステキな事になり、あたしゃ転んでも幸せです。

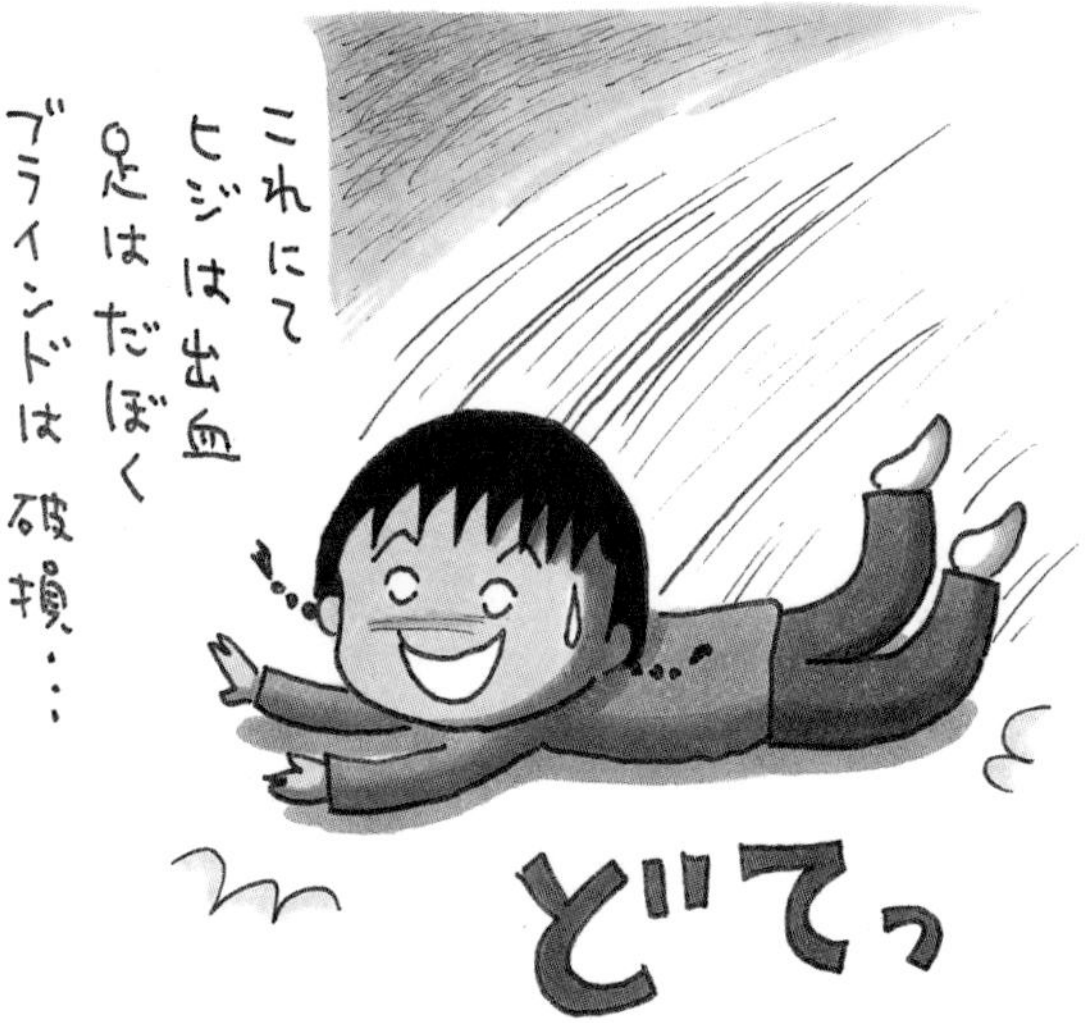
これにて
ヒジは出血
足はだぼく
ブラインドは破損・・・
どてっ

2010. 1. 13

突然ですが、どなたかうちのアーサー君をもらってくれないでしょうか？アーサー君は、子供向けの人体模型のガイコツなのですが、数年前に息子がコレをどうしても欲しいと言い出し、「絶対にオレは最後までちゃんと組み立てるし、大事にするし、アーサー君の模型を買ってくれれば他に何もいらない」とまで言い張ったので、しぶしぶ買う事にしたのですが、案の定、途中で飽きて残りのパーツが山ほどそのままになっているんです。全部で10万円近くしたので、捨てるにはもったいないし、だからって私の知り合いでアーサー君が欲しい人もいないので、このサイトを読んでいる方で、誰か欲しい人がいればもらっていただきたいんです。

本気で欲しい方、※メールで申し込んで下さい。たいした模型じゃないけど組み立てなきゃならないので、けっこう面倒です。できあがると1メートルぐらいになるようです。小学校の先生とかに差し上げたいです。当選は、発送をもってかえさせていただきます。

※募集は終了しました。

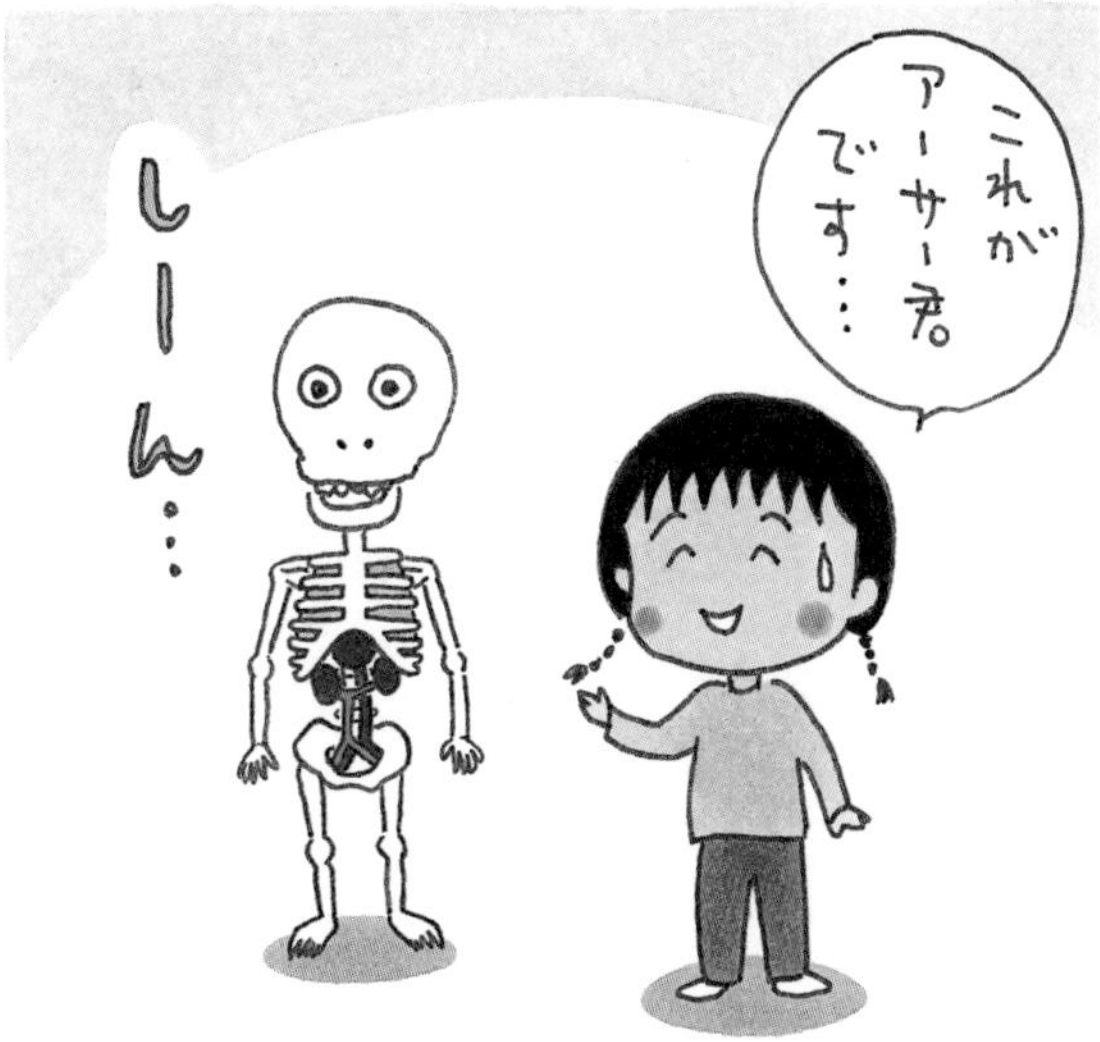

2010.1.22

今度の日曜日は、『ちびまる子ちゃん』のアニメ20周年スペシャルで、1時間の放送です。このアニメの脚本は、去年久しぶりに私が書きました。まる子とたまちゃんが初めて出会って、友情が芽ばえてゆくというお話です。並行して、永沢と藤木の関係や、大野君と杉山君の友情もちょこちょこ描かれています。アニメ制作の皆さんも、声優さんもがんばって下さり、すごくいい作品に仕上がりましたので、ぜひぜひ観て下さいね！

それにしても、まる子のアニメが始まってもう20年も経つのかという気持ちと共に、この20年間でいろんな事があったなァ……としみじみ思います。大変な事もあったけど、多くの皆様の応援と仲間に支えられ、こうして仕事を続けていられる事に心から感謝しています。いつもありがとうございます。私にできる事といったら少ないのですが、これからもコツコツがんばって楽しい作品を作ってゆきますので、よろしくお願いします。

※20周年スペシャルの放送は終了しました。

スペシャルのアニメけっこう感動したよ
ボソ…
ハッ
そ
最近あんまりほめてくれなくなった息子にほめられてハッとする私。
パアア…
2010.1.27

アーサー君への応募が100件以上もきているみたいで、私は驚いています。私の周りでは欲しい人がいないどころか、あげると言われたらけっこう迷惑だという人ばかりだったのに、こんなに欲しいと言って下さる方がいるなんて、本当にありがたい話です。アーサー君は幸せなガイコツですよ、まだ組み立てられてないけど。私は、正直2〜3人しか応募が来ないんじゃないかと思ってましたけど、当選確率が100倍以上になってしまいましたので、応募して下さった皆さん、ホントにすみませんが、たぶんハズレると思って下さい。また、当たった人は、すげー驚いて下さいね。

ところで、この前息子とミッちゃんと京都に行って、「ます多」に行って帰ってきました。もう、フグがおいしくておいしくて涙でしたが、息子はまだポン酢のおいしさがわからないので、フグを避けてエビフライとかを食べていたのが残念です。でもエビフライも激うまでした。また行きたいよ〜。

マコちゃん
アーサー君の応募が100件以上きてますよ。
マジで!?
ぎょ
2010.2.5

先週、沖縄へ行ってきました。息子がずっと前からどうしても、沖縄美《ちゅ》ら海《うみ》水族館のジンベエザメを見たいと言っていたので、とうとう連れて行くことになったんです。

ジンベエザメもよかったけど、マンタもよかったですよ。あと、クエっぽい魚も。あんな大きな生物がウヨウヨいる水族館て、すごいなァと思いました。迫力満点です。

ホテルのザ・ブセナテラスもとってもステキだったし、いろいろ食べ物もおいしくて、景色もいいし、沖縄の人はみんなやさしくて楽しい旅行でした。特においしかったのはトンカツです。

私はシーサーの置き物が欲しかったので、やちむんの里まで行って、気に入ったシーサーを5個ぐらい買いました。庭とか、家のあちこちに飾ろうと思います。アロハシャツとか、サンゴのアクセサリーとかも、普段そんなに欲しいと思ってなくてもむこうに行くと欲しくなって買ってしまいました。

今、うちはやたらと夏の感じになっています。

2010.2.16

昨日、清水※に行ってきました。ちびまる子ちゃんランドにも行ったよ！リニューアルされたちびまる子ちゃんランドに行くのは初めてだったけど、みつやも教室もよくできていて、どこで写真を撮っても楽しいし、皆さんの応援メッセージもいっぱい貼られていて、私は感激の涙がでてしまいみんなもつられてもらい泣きしそうになっていました。

平日のランドはすごく人が少ないのでぜひおすすめします。ゆっくり見れるしデッキから見る港の景色もキレイですよ。ちびまる子ちゃんランド以外にもいろいろなお店があって楽しいし、外の観覧車から見る海もすごく良いです。晴れてたら富士山も見えます。

清水から静岡に行っておでん横丁に行くのも楽しいですよ。おでん横丁の営業は夕方からですが、横丁以外でもおでんをやってるお店はたくさんあっておいしいです。清水も静岡も、派手な観光地じゃないけど、伊豆とかも合わせて旅行してみて下さい。

※旧清水市。清水市は静岡市と合併し、現在は静岡市清水区になっています。

甘味処 みつや
ランドにて
よくできてるねえ。井下さんもがんばったね
みなさんのおかげです。ホントに
アイスクリーム
アイスクリーム
2010.2.24

2010年 春

寒くなったり暖かくなったり天気が不安定ですね。でも春の気配をぷんぷん感じてうれしい時期です。

うちのスズムシの卵もかえり、小さい赤ちゃんがたくさん生まれました。ちょっと早めに生まれたので、たぶん梅雨《つゆ》時あたりには鳴き始めると思います。そうなると、季節感がないですよね……。セミより早くスズムシが鳴くわけですから、これから夏が来ようってのに、もう秋の哀愁が漂うわけです。でも仕方ありません……。

スズムシにはキュウリをあげていますが、私も毎日キュウリを食べています。一日に3本は食べてますよ。キュウリとワカメとシーチキンを混ぜてポン酢をかけて食べるんですけど、これがもうホントにおいしくて、特にポン酢は沖縄のシークヮーサーポン酢がおいしいんです。ちょっとマヨネーズをかけてもおいしいですよ。

おいしい!!
パァァ…
スズムシがキュウリを好むのがわかるよ…
2010. 3. 10

去年の夏に作ったチョコベリーの果実酒が最近飲んでみたら意外とおいしくなっていて驚いた。作った当初はとてもまずくて「ドブみたいな味がする……」と思い、こんな物をたくさん作ってしまってどうしよう……と困惑していたのだが、半年以上放っておいたらおいしくなるなんて、やはり物事というのは寝かせる時間が必要なんだなァと思いましたよ。まァ、おいしくなったとは言うものの、別に感心するほどおいしいわけじゃないんですけれど、一応我が家で収穫した果実で自分で漬けた手間等を思いながら飲むと味わいもひとしおという、付加価値がかなり大きな影響を与えているおいしさです。

さて、今週から来週にかけて花見のシーズンとなりますが、皆さんは見に行きますか？　私は久しぶりにちょっと行ってみようかなァと思ってるんですけど、あんまり混んでる所も行きたくないし、遠い所も行きたくないので、どうしようか悩んでいます。

2010. 3. 24

昨日、お花見に行ってきました。隅田川の桜を見に行ったんですけど、ちょうど満開になり、すごくキレイでした。花見に行ったんなら、どじょうを食べようという事になり、どじょう屋に行ったよ。私は小さい頃、よくヒロシに連れられてどじょうを食べに行ったので、久しぶりにどじょうを食べてしみじみしました。隣に座ってたオッサンが世話やきで、どじょうを食べるんならコレがいいとかいろいろ教えてくれましたが、私は柳川で食べるのが一番好きです。昔から。

家に帰ってからタケノコを煮ました。ホントはちょっと疲れてて面倒くさかったのですが、はりきってタケノコを買ってしまったので、早く煮ないとダメになるかもと思って仕方なく煮ました。でもタケノコも今おいしいですからね、ワカメもおいしい時期だし、カツオもどんどんおいしくなってくるし、春は楽しいですよ。来週は花をいっぱい飾ろうと思ってます。花まつりですしね。

はい、丸なべでーす
ドジョウが
姿のままで
ちょっとキモイ…でもおいしいけど。
私は丸なべより
柳川のほうが好き…
2010、4、2

この前、スズムシが生まれたと書きましたが、あれ以来どんどん生まれてしまい、もうスズムシの入っているプラケースはスズムシでいっぱいです。まさに足の踏み場もない状態になってますよ、あのプラケースの世界は。たぶん、300匹ぐらいはいますね……。あと5個ぐらいプラケースを買ってきて飼わないと間に合いません。でも、このスズムシが全部鳴き始めたら……と思うだけでもうるさくて眠れない気持ちです。半分ぐらい近所の草むらに逃がしに行こうかと思っているんですが、それじゃまる子の漫画に描いたのと同じじゃないか……と思い、今年もう45歳になるというのに、なんと進歩のない人生を送っているのかと、あたしゃけっこうトホホだよ。

話は全く変わりますが、近所の店でものすごくカワイイ小さなシャンデリアを発見し、どこに吊《っ》るすか決めてもいないのに買ってしまいました。とにかくよく見える所に吊るしたいのですが、考えすぎて結局トイレという事だけは避けたいです。

小さいシャンデリア、結局リビングの隅のお化粧スペースに吊るしました。
あーキレイ!!
2010. 4. 13

カラオケルームのリフォームが完成し、早速ミッちゃんと歌ってみたのですが、とても使い心地が良く音響も本格的になり、喜んでいます。

このリフォームをきっかけに、家の中のいらない物をまとめて捨てようと思い、コツコツ片づけたんだけど、ちょっとした引っ越しかと思うほど不用品がたくさんありました。特に息子の物が多く、なんでこんな物をいつまでもとっておいてあるんだとガックリするような物が続々と出てきて疲れたよ……。やはり、3年にいっぺんぐらいは引っ越しのつもりで不用品を捨てないとダメですね。

あんなに捨てたのに、別にそれほど家の中が変わった気もしないので、まだ半分ぐらいは不用品に囲まれて生活しているんだろうな……と思います。でも、もう片づけたくありません。このまま知らんぷりして、また3年後ぐらいにがんばって不用品を処分します……。

2010. 4. 28

みなさんは、ゴールデンウィークを楽しく過ごされましたか？　私は毎日ずーっとゲームと仕事をしていました。ほとんど家から出てないですね。こうして家にいるのが好きなんです。ゲームも仕事もだいぶはかどったよ。

ゲームと仕事以外にした事といえば、去年ミッちゃんがアリを観察するアントクアリウムを買ってきてくれた事を思い出し、ベランダでアリを10匹捕まえました。アリにダメージを負わせずに捕獲するのはけっこう難しく、苦労しました。しかし、捕まえた10匹のアリはあんまり仕事熱心ではなく、ちょっと働いたらすぐに休けいし、みんなで隅の方に集まってボケっとしているので見応えがありません。まァ、この連休中は自分もちょっと働いてはすぐ休み、ゲームをしたり寝たりしていたのでアリの事は言えませんが、それでもまだ私の方が働いていたと思います。

そんな感じで、アリよりはマシだったという呑気《のんき》な連休でした……。

なんかこのアリ
すぐ怠けるねえ…
アリのこと言えない。
2010. 5. 6

お誕生日メールをたくさんいただき、本当にありがとうございます。部屋もお花でいっぱいになり、幸せな気持ちで過ごしてました。

こうしてお花に囲まれてボーッと過ごしているうちに1週間が経ってしまい、仕事も遅れたと言うより、うっかり忘れていたんです……。ミッちゃんは慌《あわ》てて担当編集者の方に電話をかけていました。もちろん、私も慌てて取りかかりました。でも慌てると絵も文も変になってしまうので内心は慌てていてもできるだけ落ちついてやらなくてはなりません。

で、さてと落ちついてやるか……と思ったとたん急に眠くなったりして、ちょっと眠るつもりが10時間も眠ってしまい、ミッちゃんは呆《あき》れてもう何も言いませんでした。

それでもゲームだけはずいぶんはかどり、『ドラゴンクエストモンスターズ ジョーカー2』で、エスタークが仲間になりました。息子から「ヒマ人」と言い捨てられ、返す言葉がありません……。

ボ〜ッ
花キレイ…
仕事をうっかり忘れていた一週間
2010. 5.14

先週外食が多かったので、ちょっと体重が増えたと思い、今週はあんまり食べないように心掛ける事にした。

そんで少しだけ食べて仕事をしたりしているのだが、お腹が空いて空いてトホホだよ。眠ってても、コンビニのサンドイッチを食べる夢とか見るし、テレビつけたら食い倒れみたいな番組やってるし、寝てもさめてもおいしそうな物ばかり目につき、お腹はグーグー鳴る一方だが、ここでくじけて「もういいや」という気持ちになると体重は少しも減らないので、ガマンするのが肝心なんです。みーんなそれはわかっててもなかなかガマンがね、難しいんですよね。

それでもグーグー鳴るお腹を押さえ、どうにかガマンして体重が戻りました。このように、少し増えた時点で注意をすると体重はあんまり変わらずキープできるのです。たくさん増えてからだと戻すのが大変だけど、少しなら2〜3日の調節で済むよ。

情けない夢えええ・・・
←
あ〜タマゴサンド
おいし〜!!
さいこ〜!!
2010. 5. 21

朝鮮半島が、かなり緊張※してますね。今回は相当まずい感じがします。戦争にならないといいな……と祈る事ぐらいしかできませんが、こんな事を祈らなきゃならないこの世界が悲しいですね。

世界経済もガタガタ、火山は爆発するし石油は海に流れるし、どうなるんでしょうね。国内でも牛の病気、政治のピンチ、がんばってる人もいっぱいいるのになんかメチャクチャになってる気がします。外国も国内もパンク寸前ですよねぇ。

は――……とため息が出ちゃいますが、こんな世界の中でも生きていかなきゃならないので、いつも通り自分の仕事をするために、みんなでがんばりましょう。今、カゼが流行っているみたいなので、気をつけて下さいね。私もかなり気をつけています。梅しょうが湯を飲んだりしてますよ。体力さえあれば、元気出ますから、どうか皆さんもお元気で。

※韓国哨戒艦沈没事件のこと。

2010. 5.31

2010年
夏

梅雨になりそうでならない日々が続いていますが、みなさんお元気でお過ごしでしょうか。うちは、2週間ぐらい前からスズムシが次々と鳴き始め、早くも秋の気配が漂っています。しかし、家の外にはブーゲンビリアが咲き始め、イチジクの実もなり始め、やっぱり夏だったと感じています。

今年はクワの実がたくさんなり、ちょいちょい食べています。クワの実って、売ってないから自生してるのを採《と》ってくるか、自分ちに植えるしか食べる方法がないんですよね。私も自分ちに植えて、2年前に初めて食べました。野菜ふうな新鮮な香りと、やさしい甘さでおいしいですねぇ。まずいチョコレートベリーとは大違いです。

そのチョコレートベリーも、大量に実をつけています。また果実酒を作らなくてはなりません……。そんな変な果実酒より、梅酒でも作りたいのですが、まだ去年の変な果実酒も残ってるし、なかなか梅酒が作れません。

なんでもう鳴いてるんだよ
リーン
リーン
リーン
さあ…
しーん
2010.6.11

毎日じめじめ暑いですね。梅雨まっ盛りという感じがするねぇ。ワールドカップも毎日見応えがあり、手に汗握りながら仕事しています。スペインがスイスに負けた時はガッカリし、半日何もする気がしませんでしたが、まだ大丈夫だと気を取り直して午後からは普通に仕事をしました。ブラジルもいい感じで楽しみです。日本も、デンマークには勝ってほしいですね。

ちょっと前の話題になりますが、小惑星探査機の「はやぶさ」の事では私もミッちゃんも泣きました。あんなに小さい体で3億キロも離れた星に行って7年もさまよって帰ってきて、オーストラリア上空で流れ星になってねぇ……また涙だよ。「イカロス」にもがんばってもらいたいです。

今、『コジコジ』をぼちぼち描いています。4コマも毎日で大変ですが、たまに4コマじゃない漫画を描くのは楽しいです。ホントはそろそろエッセイも書きたいのですが……。

「はやぶさ」の番組で泣いているところ。
がんばったねぇ えらかったよ えーーん
ひく
ひく
2010. 6. 23

Wカップの日本戦はすごい盛り上がりでしたね。あんなに言われてた岡田監督がこんなに讃《たた》えられるようになるなんて、たった数日間の出来事の中で人々の評価って軽々しいよなと思いつつ、結果を出す事の重要さもつくづく感じました。パラグアイ戦は迫力があって本当に良かったです。

私は引き続きWカップを観ます！　スペインもブラジルもその他のチームも見どころ満載ですよ。

ところで、コジコジのパチンコ台がうちに届き、あまりのかわいらしさに感動しました。色もすごくキレイで部屋に飾っておくだけでも楽しいです。ひと目見たい方は、パチンコ屋さんに行って見て下さい。でも、子供をほっといてパチンコに行っちゃ絶対ダメですよ。それからお金使いすぎないようにして下さい。コジコジのパチンコでお子さんに被害がでたり、生活苦になったりするような事があると私は泣いちゃいますからね。楽しく遊んで下さい。

すごいかわいい!!

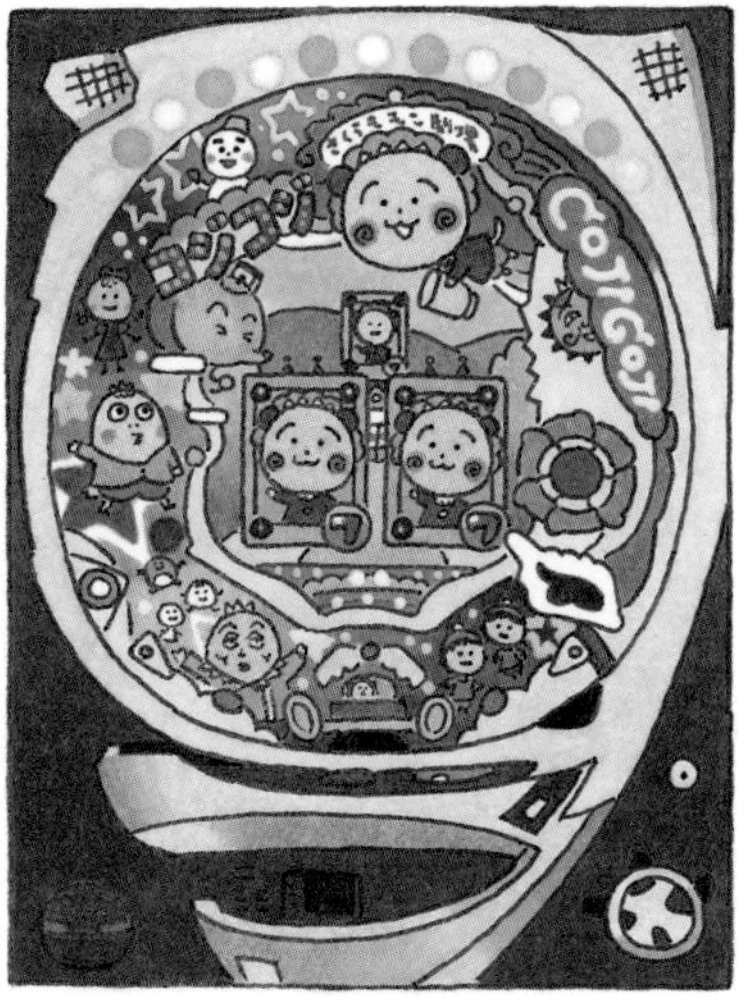

テーマソングも流れます!!

2010.7.2

Wカップもいよいよ決勝を待つばかりとなりました。スペインの鮮《あざ》やかなプレーには感心するばかりです。それにしても、ドイツのタコ占いはよく当たりますね。

梅雨明けはまだ先になりそうで、ゲリラ豪雨も怖いですねぇ。九州の方も大雨で心配です。そんなうっとうしい毎日ですが、今日の夕方たまたま晴れていた空に、虹色の雲を見ました。なんとなくベランダに出た時、ミッちゃんが「あっ、あの雲はっ!!」と虹色の雲を発見したんです。タツノオトシゴみたいな変わった形の雲の真ん中が、すごくキレイな虹色に光ってたんですよ。ずっと見てたんですが、5分ぐらいで消えてしまいました。

あんなキレイなものを見ると、ついついなんかいい事あるかもしれないと思ってしまいますね。ミッちゃんは「明日歯医者に行くけど痛くないかもしれない!」と喜んでました。ミッちゃんのいい事はその程度としても、私はもっといい事があるといいな。

…その後、私は道で500円玉を拾いました。

500円拾った。ミッちゃんにあげるよ。
えっ　いいんですか　やった－!!

私のいい事は、たぶんこれで終了しました。

2010.7.9

梅雨が明けたとたん、びっくりするくらい晴れますね。毎年の事ながら、あまりにもコロリと変わるこの天気の態度には呆れます。

Wカップはタコの占い通りスペインが優勝し、私とミッちゃんは明け方に泣いて喜びました。楽しかったWカップ、4年後がもう楽しみです。

この前、うちのスタッフの本間さんの妹さんの赤ちゃんが生まれたので、ちょっと見せてもらおうかと思っています。生まれたばっかりの赤ちゃんて、なかなか見せてもらえる機会がないから見たいよ〜。すごい小さくてかわいいんですよね。赤ちゃんの匂《にお》いもかわいいねぇ。見てきたらまた報告します。

夏休みの初日から、息子の友達の木村君が泊まりに来て朝までワイワイ遊んでいました。見ているだけでも「わーい、夏休み来たー」ってつられてうれしくなるよ。あー、ビール飲もうかな。皆さんも、楽しい夏をお迎え下さい！

スペイン優勝の瞬間
やったあ タコ占い 当たった〜!!
うお〜〜 バンザーイ
ドタ
バタ
明け方に大騒ぎ。
2010.7.20

先日、夜中に急にラーメンが食べたくなり、ミッちゃんと一緒に近所のラーメン屋に行った。私はラーメン大好きなのだがわざわざラーメン屋に行くのが面倒でいつもカップラーメンで済ませているので、久しぶりにラーメン屋に行って心からおいしいなァと感動したよ。やっぱり、たまにはラーメン屋に行かないとダメだね。チャーハンもギョーザもおいしくて食べすぎ、帰り道もしんどくて家に帰ってからも苦しくてなかなか眠れなかったけれど悔《く》いはないよ。ラーメンとったらチャーハンとギョーザもとらないとね。

それにしても、単に近所にあるラーメン屋なのにあんなにおいしいんだから、よくテレビでやっている行列のできるラーメン屋なんてどんなにおいしいんだろうねえ。もう想像がつかないよ。きっと想像を絶する味なんでしょうね。私は行列に並ぶファイトがゼロなのでラーメンに限らず激ウマなものを食べ逃していますが、皆さんはぜひ激ウマなものをいろいろ食べて楽しんで下さい！

おいしい!! ラーメンも ギョーザも
パァァ…
チャーハンも 全部おいしい!!
2010. 8. 3

暑い暑い毎日ですが、皆さん、お元気でしょうか。

この前、ミッちゃんと急に「シダックス」に行こうという事になり、1年ぶりに行った。やっぱ、家で歌うよりも音響いいし、上がるよね。じゃんじゃんビールやその他のお酒を飲んで、歌った歌った7時間も。桑田さんガンバレって思いを込めて、サザンを次々歌ったよ。途中でラーメンまで食べて楽しかったです。桑田さん、早く元気になってほしいですね。みんなのヒーローだからまだまだがんばってもらわないと。

全く話は変わりますが、最近私は食べるラー油を自分で作って食べてます。アツアツに熱した油をトウガラシや具材に流すのは恐怖ですが、とてもおいしくて息子も気に入って食べてます。ごはんやラーメンにはもちろん野菜炒めなどいろんな料理にも使っています。ビールにも合うよ〜!!

2010. 8. 18
ラー油
おいしいね
ハッ
ほめら
れた!!
またも息子にほめられ、ハッとする私

まだまだ暑いですねぇ。もうじき夏休みが終わってしまうと思うと、私もがんばって朝早く起きなくてはならないので気が重いです……。しかし、息子も高校生になると、さすがに夏休みの宿題を手伝ってくれとは言わなくなり、その点はラクです。きかれてもわかんないですしね。高校の勉強なんて今さら。

それにしても、日テレの『高校生クイズ』に出る子達はすごいですね。私、毎年けっこうあの番組を観ているのですが、もう本当にただただ感心して「すごいすごい!!」と言うばかりです。あんなに難しい問題を次々に答えられるなんて、しかも早押しで、日頃どれだけ努力してるんだろうと思うと、人間が努力して成し遂《と》げる事の尊さや美しさに感動して、しまいには泣けてきますよ。今年は9月あたまの金曜日の夜に放送されますから皆さんも一緒に観ましょう!

その他の楽しみは、今年ちょっと高いけど、サンマです。

2010.8.27

2010年
秋

この前言ったとおり、先週『高校生クイズ』全国大会を観ました。ミッちゃんもうちに来て、みんなで観たよ。もう、最初っから感心しっぱなしでした。私とミッちゃんは、「ではみなさん、で始まる……」という問題で、ふたり揃って「淀川長治《よどがわながはる》!!」と答えて息子の前で大恥をかきました。正解は『銀河鉄道の夜』の書き出し」でした。「ではみなさん」ときたら「さよならさよならさよなら」で淀川長治だと思うじゃないですか、私らぐらいの年齢だと。それ以外は、間違いも思いつかないほど全部難しかったです。あんなの憶えてるって、すごいなーってもうそればっかり言って観てたよ。

さて、サンマが高い高いと言われてますが、「高い」という事で注目されてサンマがTVに出る回数が多くなり、ますます食べたくなっています。高いって言ったって、いつもより200円ぐらい高いだけだし、あたしゃそのくらいのぜいたくはするよ。皆さんもサンマ食べましょう!

さあサンマで飲もー!!
まだ昼すぎですよ…
2010. 9. 6

夏から、うちでは小さい茶色いコガネムシみたいな虫が大発生してうんざりしています。ゴマくらいの大きさなので、別に気持ち悪くも汚らしくもないんだけど、あちこちウロウロしているので、非常に気になります。昔からよく見かけるわりには名前も知らない虫なので、我が家ではウザ虫と呼んでいます。このウザ虫の正式名称を知っている方、ぜひ教えて下さい。教えてもらっても、たぶんウザ虫と呼び続けると思うのですが……。

ところで、『ももこのトンデモ大冒険』の時にお世話になった徳間書店の石井さんと本間さんが、今年3月に徳間書店を退社し、ヒカルランドという出版社をつくり、次々とすごく興味深い本を出版しています。ちなみに、ヒカルランドのマークは私が描いたんだよ！　このヒカルランドから、またトンデモ大冒険みたいな本をいくつか出せたらいいなァと思っています。そのためにも、少しずつ取材をしようかな……と思ってるところです。

ミッちゃんヒカルランドの取材いつだっけ？
忘れました…あ、ウザ虫いますよ
まだサンマで飲み続ける日々
2010.9.17

この前ちょこっと書きましたが、徳間書店にいた石井さんと本間さんがヒカルランドを立ち上げ、またトンデモ大冒険みたいな本を作ろうという事になり、それの取材で岐阜に行ってきました。何の取材かは本ができてからのお楽しみですが、行く先々で心優しい方々に出会い、ゆかいな事もあり、しょうもない事もあり、おいしいうなぎもあり、1泊2日とは思えない濃《こ》い旅になりました。まだあと何回も取材に出掛けると思いますが、旅先でバッタリ会ったら皆さんよろしくお願いします。

その取材の帰りに、名古屋でミソカツと、「世界の山ちゃん」の手羽先を買って帰ろうかと思ったのだが、これ以上体重が増えたら元に戻すのが大変だと思って泣く泣くやめた。ミッちゃんも泣いてたよ（笑）。取材に行くと、普段家で生活してる時の3倍ぐらい食べるので正月並みに増えますすね。なので、今週はかなり我慢の腹ぺこウイークです。

今回も「吉兆」のお弁当を用意しました
石井さん、ありがとう。
「吉兆」のお弁当、すごくおいしかったよ!!
またぜひ。
2010. 9. 28

うちに超かわいいワンコがやってきました。ティーカッププードルの仔犬《こいぬ》です。ちっこくて、クマのぬいぐるみみたいで、この世にこんなにかわいい生き物がいたのかと思うのは息子が赤ちゃんの時以来ですよ。もう、私も息子も友達も、あまりのかわいさに全員KOです。チワワのチビともすぐに仲良くなりホッとしました。

ところで、『4コマちびまる子ちゃん』の8巻が出来ました。新聞連載も4年目に入り、たくさんの皆様から温かい応援をいただき、毎日どうにかこうにか描いています。大変だけどがんばりますので、8巻も読んで下さいね。今回の表紙は丸尾君とまる子です。マルイのCMを思い出す表紙だね……(汗)。

今年は10月になってもまだちょっと暑いですね。うちでも夏の花が元気に咲いていてびっくりしてますけど、うっかりしてるとカゼひくので、皆さんも気をつけてお元気でお過ごし下さい！

ちょこです!!

やんちゃで走り回って
ます。とにかくかわいい。

2010.10.12

　aikoがうちに遊びに来たよ!!　私はうれしくて朝からはりきっていました。aikoに会うのはすごい久しぶりだったので、積もる話がいっぱいあって、ずーっと喋ったり飲んだり食べたり歌ったり、めくるめく楽しい一日でした。aikoがドレミ※で歌ってくれた時は大感激で、息子は感動のあまり眠れずに次の日学校を休みました。aiko、また遊ぼうねー!!

　チリの落盤事故の人達も、全員無事に救出されて本当によかったですね。精神的にも肉体的にも辛《つら》かったろうと思いますが、パニックにならずにみんなでがんばって元気に過ごして助かった姿は、世界中が忘れないと思います。この体験が、彼らの人生に良い影響を与えるといいですね。

　さて、うちの仔犬のちょこは、みんなにかわいがられてふざけて走り回っていますが、やっとたまにお座りをするようになりました。トイレもまちがえないで行きます。

※さくら邸にあるカラオケルーム。

aikoが カワイイので、ますます飲んで
酔っぱらう ミッちゃんと私。
aikoかわいー
おいしー♡
ホントかわいいねー
2010.10.15

今週は事務所の引っ越しで、みんなバタバタしています。みんなは忙しいのですが、私はいつも通り家にいます。事務所の荷物とかの事は私はさっぱりわからないので、みんなに任せておくのが一番なのです。とは言うものの、みんなが忙しいのにこうして呑気に家にいるのも申し訳ないなぁなんて思ったりもしてるんですよ。でも、下手に手伝ったりするとかえって迷惑になるしね。手伝いもしないのにただいるだけっていうのも、ほんっと迷惑だし。だから家にいるんです。

そろそろクリスマスの飾りつけをしようかな……と思ってるんですけど、みんなから「もう!? 早いね」と言われました。そう言えばまだ10月ですしね。私、新聞の4コマを早めに描いていて、今12月の原稿を描いているので気分はすっかりクリスマスなんです。自分だけクリスマスでも、世の中は秋まっ盛りでした。キノコ中毒続出みたいですね。もう少しクリスマスの飾りつけは後にします。

2010. 10. 27

先週から、あれこれ用事や仕事や遊びで忙しくしています。今週もひき続きバタバタしているんですが、2日間続けて息子と外食をしたら体重が増えてギョッとしました。やはり、若者と同じ物をうっかり食べるとダメですね。ハンバーグ屋とラーメン屋だったのでどうしてもハンバーグとラーメンを食べるしかなく、食べたらおいしいので残さず食べたらもう体重増加ですよ。息子は少しも増えてないのに。

それにしても、ハンバーグ屋のハンバーグは確かにおいしかったのですが、息子に「うちのよりおいしい。やっぱり専門店のはおいしいね」と言われたのには少々ムッとしました。専門店のハンバーグと張り合うのもなんですが、私のハンバーグだってかなりおいしいんだよ（たぶん……）。自分としては、ハンバーグ屋よりもおいしいと思うんだけど、あんまり言うと息子に嫌われるので、ここで言わせていただきました……。

やっぱりうちのよりおいしいね
そりゃよかったね…
2010. 11. 9

先週、小淵沢《こぶちさわ》に取材に行きました。ヒカルランドの取材なので、毎度おなじみの石井さん達とミッちゃんと行ったのですが、私は鍋の後にソバとうどんを両方食べて、食べすぎで苦しくなり眠れない一夜を送りました。次の日は、前回のウナギのようにおいしいウナギを求めて諏訪湖《すわこ》周辺まで行き、心からウナギを味わいました。食べ歩きの本を書くわけじゃないんですけど、各地のおいしい物はいいですねぇ。

……と、呑気《のんき》な事言ってる場合じゃないですよね、今の朝鮮半島の緊張は。こんな、戦争が起こるかもなんてビクビクしながら生きてゆかなければならない星なんて、情けなくなりますが、一番情けないと思ってるのは地球でしょうね……。

とんでもない事になりませんようにと祈るばかりです。戦争なんてなったら、うれしい事や大切な事が簡単にめちゃくちゃになってしまいますから。なりませんように……。

ミッちゃん苦しくて眠れないよう…
あんなに食べるから悪いんです
2010. 11. 25

2010年
冬

この前ヒロシがうちに来て、昼から一緒に酒を飲んだのだが、夕方になって「あ、おかあに電話するの忘れてた」と言って、母に電話しようとし、3回もかけ間違えた挙《あ》げ句《く》「自分ちの電話番号忘れた……」と言ったので呆《あき》れた。更《さら》にメモを取り出して電話番号を確認しながら間違えて友人宅にかけようとしているところを私に発見されてギリギリ間違えずに済んだ。

その後、タクシーで帰ろうとしたヒロシは、運転手さんに「○○町の一丁目の便所の近くまでお願いします」と言ったので、運転手さんは「……便所？」と困惑《こんわく》し、私は慌《あわ》てて「この人、うちの父なんですが酔っ払ってるのですいません」と謝《あやま》り、正しい住所を告げた。ヒロシを乗せたタクシーを見送った後、無事に着くか心配だったけど、10分後に「着いたぞー」と電話がありホッとした。ヒロシの話によれば、あの便所は有名な便所だから、便所までって言えばたいがいのタクシーは着くはずなのだそうだ。

なんで自分ちの電話番号忘れるわけ
なんでだろうな
2010.12.7

今週はクリスマスですね。私の家も今週は毎日友達が来る予定になっています。月曜日は男子の会のクリスマス会で大爆笑の大騒ぎでした。今週はまだまだこのような日々が続きます。セサミンEプラスも大活躍です。

セサミンEプラスといえば、サントリーのサプリでプロディアというのが新しく出たのですが、これは乳酸菌の一種で、カゼなどの菌をブロックするために研究されたサプリだそうです。私も2ヵ月ぐらい前から飲んでいるのですが、みんながカゼをひいても私は大丈夫だったので、プロディアの効果が出ているのかもと思いました。ちなみに息子は真面目に飲んでいなかったので、カゼをひいていました。これからの季節、いよいよカゼ本番なのでプロディアを試してみるのもいいですよ。でも、手洗い・うがいはちゃんとして下さいね。

来週で年が明けますね。皆様、本年もたくさんの応援ありがとうございました。来年もよろしくお願いします。よいお年を!!

はい セサミンね
あ どうも
プロディアも下さい
2010.12.22

民芸品の店『平田』

私は民芸品が好きだ。今までも、旅先でいろいろな民芸品を買い、コツコツ集めてきた。私は旅行好きだと思われがちだが、実はそれほど旅行が好きなわけではない。乗り物に乗るのも疲れるし、歩き回るのも疲れるからだ。

しかし、そこへ行かなければ買えない物があれば、行くしかない。それが民芸品だ。私の旅行は、民芸品が軸になっており、それ以外の事は付録と言ってもいい。どんなに景色がきれいでも、食べ物がおいしくても、民芸品らしき物が売っていない場所にはわざわざ行きたくないよなァ……と最近はますますそう思うようになってきた。

そんなわけで、我が家の棚には世界各地の民芸品がごちゃごちゃ飾ってあり、それぞれ味わい深く可愛らしいのだが、そんな世

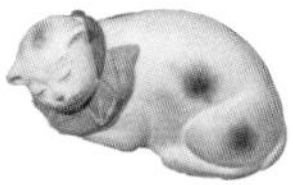

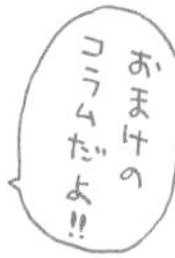

界の物と比べても日本の民芸品は実に味わいどころが多い。

10年程前、同じように民芸品を愛好している知人が「さくらさん、京都の『平田』っていう店に一度行ってごらん。たぶんものすごく気に入るから」と教えてくれたので、早速《さっそく》行ってみた。

店に入るなり、想像をはるかに超える民芸品ワールドが広がっていた。私は「キャー」と叫び、それから4時間ずっと店の中をグルグル回って物色し続けた。その日以来、何度も『平田』に通って民芸品を買い集めている。

『平田』の民芸品は、この店の御主人の平田さんが19歳の頃から84歳になる現在まで、65年間もコツコツ集め続けてきたものだそうだ。だから、大正時代のものや昭和初期のものは当たり前に揃っており、古い物だと明治や江戸時代の物もある。

民芸品の味わい深さのひとつは、作風の朗らかさにある。色の塗り方や線の描き方等、とても慎重に描いているとは思えないラ

フな筆さばきの作品が多く、顔がやや変になっていても全く気にしていなかったりして非常に面白い。

どういうつもりでこんな物を作ったんだろう……というような、意図が全くわからない作品もあり、そういう物に出会うと作った人に会ってみたいというロマンも感じる。

きっと、『平田』の御主人はそういうロマンを感じて民芸品作りの現場をおとずれ、作者に会ってコツコツ集めてきたのだろう。84歳というお年にもかかわらず、膨大な数の民芸品の地名から作者名まで正確に憶えていらっしゃる姿に、民芸品への愛の深さが伝わってくる。

私は小さめの可愛らしい作品が好きで、そんな中でもダルマが特に好きだ。ダルマを見るとハッとして欲しくなる。自分がダルマ好きだったなんて、『平田』に来るまでは気づいてなかった。

しかし、ひとたび気がつくと、今までどうしてダルマに無関心で

生きていたのかとさえ思う。

民芸品は、工芸品とは違って作り方も大雑把《おおざっぱ》だし、素材も脆《もろ》く値段も安い。土産物であげたりもらったりするような物だから、孫の代まで大切にして譲り渡そうなんて誰も思わないだろう。大《たい》抵《てい》の場合、引っ越しや大そうじの時に処分されてその姿はひっそり消えてゆくのだ。

それをふと、何十年かぶりに思い出して「……子供の頃、うちの棚に何か変な人形があったよなァ。あれ、おばあちゃんが熱海に行った時のお土産だったなァ」と、ほのかな温かさに包まれたりする事があれば、たとえ今はもう無くても民芸品の役割は果たした事になる。

ちょっとした喜びやほんのりとした優しさを運ぶ物、そのはかなさの中に込められたユーモアや技術を愛《め》でるのが民芸品を楽しむ心得ではないかと思う。

あとがき②

二〇一〇年は、いろんな事を見たりきいたり研究したり、個人的にはとてもよく勉強した年でした。酔っ払って恥をかいたり二日酔いで反省したりする事も何回もありましたが、楽しい日々の中でたくさん学ぶ事ができました。私も45歳ですが、年月を重ねるごとにひとつひとつの体験に味わいが増し、自分の考えを分析したり、まとめてみたり、理解が深くなっているのに気づいて面白いものだなぁと思うようになってきました。

二〇一〇年は、ますます暑さ寒さが厳《きび》しくなり、熱波で世界中たくさんの人が死んでしまいました。地震も洪水も火山の噴火もあちこちで起こり、この先地球がどうなってしまうのだろうという不安がつのります。

それに加え、北方領土や尖閣《せんかく》諸島の問題が急に浮上し、北朝鮮や韓国も絡《から》んで日本は大変な局面を迎えています。今戦争が始まったら、アメリカやロシアも加わって、アジアはメチャクチャになってしまうでしょう。

戦争で得をする人達もいるのかもしれません。戦争が起こると景気が良くなるとも言われています。戦争を起こすために仕組まれている事もあるかもしれません。報道されている事が全て真実だとは思えません。

私は、誰が得をしようが景気が良くなろうが、どこの国でも戦争が起きてほしくありません。大切な事の全てが、いっぺんに失われてしまうからです。世界中で育《はぐく》まれている愛や、積み重ねてきた努力や、すばらしい知恵や可能性が、せっかくこの地球でがんばろうと思ってやってきた多くの命が、いっぺんに失われてしまうなんて、考えたくありません。

たくさんの人が、本気で平和を祈れば戦争が回避できるという話をきいた事があります。天災も回避できるかもしれません。天災も人災もない、平和な世界になりますようにと祈るのは無料です。どうか皆さん、寝る前に心をこめて祈って下さい。皆さんもどうか無事で幸せでありますように。それから、いつもありがとうございます。

さくら　ももこ

いつもありがとう

2011年
新年

あけましておめでとうございます！　皆さん、楽しいお正月をお迎えでしょうか。昨年中もたくさんの応援を本当にありがとうございました。本年もよろしくお願いします。

さて、今年も新しい目標は特になく、無事で愉快に楽しく過ごせればいいなぁと思っているのですが、一年を過ごすうちには年の始めに考えてもいなかったような事が起こるものです。例えば、我が家には昨年10月に仔犬の仲間が増えました。これは年の始めには思ってもいなかった事です。その他にも、新しい友達ができたり、感動する作品に巡りあったり、考え方の幅が広がったり、いろいろな方面でいろいろな事が起こりました。

今年はどんな事が起こるか、楽しみですね。もちろん、全部いい事でありますようにと願っています。何をムシのいい事言ってんだと思いますが、いいじゃないですか、正月だし。

皆さんも、いい事ばっかりいっぱい起こる一年でありますように!!

2011.1.4

少々ごぶさたしておりました。年末年始に飲んだり歌ったりバタバタして過ごしていたので、いろいろな仕事が遅れぎみになり焦《あせ》っております。なんか年末年始の疲れも出て、やる事山積みなのにボーッとしたりして、ダメですね。カゼだけはひかないようにしようと思って気をつけてます。

それにしてもほんっっとに寒いですねぇ。ビールも外に置いておくだけでキンキンに冷えるのでちょっと便利ですが、その外に置いたビールを取りに出るのもイヤなくらい寒いです。夏は夏で暑くて虫が出るからイヤなんですけど、なんか一年中25度ぐらいで、キモチ悪い虫はいなくてキレイな花ばっかり咲いてるような感じに、どうせ異常気象ならなってくれりゃいいのになぁと思います。

ところで、この前たまたま東京スカイツリーを見たのですが、建設中に見られてよかったなぁと思いました。やっぱ立派《りっぱ》ですね、東京タワーも好きだったけど。

ビール外に冷えてるけど…誰がとりに行く?
私ですよね
2011.1.19

鳥インフル、心配ですねぇ。私はトリ肉もタマゴも大好きなので食べられなくなったらホントに残念です。人に感染したら大変な事になりますし、一刻も早くおさまってほしいですね。

サッカーの試合も楽しみですね。この前の韓国戦の翌日、息子は起きられなくて学校を休みました……。決勝戦が土曜日でホッとしています。

私はどうにか『りぼん』の仕事が終わり、今は遅れ気味の4コマの仕事を焦りながらやっています。なんか今年はいつもより年明け早々忙しいです。年明け早々とは言っても、もう来週は2月ですからねぇ。受験生の皆さんも、もうひと息でゴールです。がんばって下さいね。私も、夜中に起きて仕事してますから、一緒にがんばりましょう！

大雪、噴火、鳥インフルと大変な日本列島ですが、とにかく皆さん御無事でありますよう……。

えーと…息子がカゼで…
学校に電話。韓国戦をみて起きれないとは言えない。
2011.1.28

この前、ヘラクレスオオカブトの幼虫を買った。ずっと前、携帯サイトのQ&Aのコーナーで、ヘラクレスオオカブトの幼虫を飼って成虫にして繁《はん》殖《しょく》までさせたという方のメールを見て、私も欲しいなぁと思っていたのです。やっぱり国産のカブトムシの幼虫よりだいぶ大きくて、ほんっっとに気持ち悪いのですが、あのヘラクレスになると思えば見応えもあります。2年間幼虫のままでいるらしいので、先は長いけど大切に育てるよ。成虫になったら、感動するだろうねぇ。

ところで、新燃岳《しんもえだけ》があんなに何回も大爆発して、本当に心配ですね。住民の皆さんも大変だと思います。灰が舞う中で呼吸するのもつらいと思うし、いつまで続くかわからないし、自然の怖さをひしひしと感じます。海外でも巨大サイクロンやモンスター寒波やエジプトのデモ等々、テレビで観ていてもドキドキするような事ばかりですが、早く穏《おだ》やかな世の中になりますように……。

ぎゃ〜 でかっ!! キモチ わるっ
じゃあ 飼うなよ…
ゾ〜…
息子は 虫大キライ
2011. 2. 2

用事で香川県に行ってきました。香川県といえば讃岐《さぬき》うどんです。食べ物の中で一番うどんが好きだと言っている息子にとっては憧《あこが》れの地ですが、息子は用事がなかったし学校があるから行けませんでした。

私は以前、『富士山』の取材で香川県に行った事があるのですが、初めて行ったミッちゃんは、高松空港に着いたとたんにうどんに気をとられ、タクシーに乗っている間もずっとうどん屋ばかりを発見しては「あの店もセルフですよ」などと言い、タクシーの運転手さんにまでお気に入りのうどん屋をきいていた。

私はタクシーの運転手さんに「うどん以外の名物は何ですか?」と尋《たず》ねたところ「しょうゆ豆です」という地味《じみ》そうな食べ物を教えてくれた。用事を済ませ、すぐにうどん屋へ飛び込むと、しょうゆ豆もあったので注文してみた。予想通りの地味な食べ物で、しみじみとしてしまった。考えてみればうどんだって地味だが、しょうゆ豆よりはスター性があるなぁと思った。

ホント高松に来てヨカッタです
うどんが目的じゃないけどね・・・
2011,2.17

2011年
春

※ドレミの部屋に、まだクリスマスツリーが飾《かざ》ってある。ホントにもう片づけなくてはと思いつつ、面倒くさくて飾りっぱなしになっているのだ。それなので、友達が遊びにくるたびに「まだクリスマスでごめん」と謝り、電気をつけるとキレイだよ、なんて言ってごまかしながら過ごしている。しかし、ひなまつりも過ぎたんだから、もういよいよクリスマスツリーなんて飾っていたら笑い者だ。今日か明日にでも片づけるよ……。

さて、任天堂の3DSが発売になり、私も息子もミッちゃんも「あ、ホントに奥行きがあるっ!!」と、二宮君と同じ感想を次々叫びました。DSでも、DSiでも大変よく遊びそれぞれ思い出があり、この3DSでもこれからずいぶん遊ぶんだろうなぁと思うとわくわくするよ～！　いろんなソフトの発売が待ち遠しいです。

まだ寒い日が続いてますので皆様お体をお大事に。花粉症の皆さん、がんばれ～!!

※さくら邸のカラオケルーム。

あっ ホントに奥行きがあるっ
結局 ニノと同じ感想だね
まだツリーが飾ってある
2011.3.4

大変な事になり、金曜日から何も手につきません。東京もとても揺れて怖かったけれど、東北地方の状況の悲しさにショックで何も考えられない状態です。

私は4コマを毎日描かなくてはならないのですが、とても考えられなくて途方に暮れています。1ヵ月分ぐらい先に進めて描いているのですが、こんな時、何を描いたらいいんだろうと思います。それで、金曜日から何も進まずにテレビの放送だけが流れています。

でも、がんばらないといけないですね。東北の皆さんががんばっているのに、ショックで動けなくなっている場合じゃないですね。

私の仕事は、少しでも全国の皆様に楽しさや明るさを届ける事だと心に刻んでがんばります。みんなで、できる事をがんばりましょう！

地震のとき
部屋で飼ってる
犬が「キャー」と
叫んでいました。
ガタ
わっわっわっ
ガタ
キャー
キャー
2011.3.15

毎日テレビを観ていますが、本当に悲しく大変な事になったなと泣けてきますね。原発の問題も深刻で、まだ余震《よしん》もくるし不安です。

新聞の4コマも、何か描こうと思っても悲しい気持ちになり、明るい作品を描いてる場合じゃないんじゃないかとか、だからって暗い作品なんて余計描いてる場合じゃないだろうとか、ずいぶん悩んで、今月いっぱいは4コマをお休みする事にしました。毎日楽しみにしていただいた皆様、すみません。4月1日からは描きますので、許して下さい。

どうかどうか、これ以上悲しい事が起こりませんよう、あとはいい事ばっかりありますように……。

何も描けないよ……
2011.3.28

まだまだ余震がきて、毎日ビクビクしています。本当に怖いですね。原発もどうなるんでしょう。怖くてお風呂もゆっくり入っていられません。一体どうなってしまうんだろうかと心配です。被災地の方々は、もっと怖くて心配だと思うと、もう本当に切ないです。

近況も毎回震災のことばかりになっていますが、友達に会っても家にいてもテレビを観ても、震災のことばかりです。私はほとんど家にいて、もちろん花見もしてないのですが、息子の誕生日だけは食事に行きました。一応、プレゼントに花をあげたのですが、「ああ、どうも」と言われただけで別にたいして喜ばれず、その花も余震で揺れて虚《むな》しかったです……。他のみんなからのプレゼントは洋服や3DSで、とても喜んでいました。

とにかく一刻も早く穏やかな日々が来るといいですね。皆様、どうかご無事でありますよう。

地震だっ
…私の
あげた花が
揺れてる…
ハッ
カタ
カタ
2011.4.13

キャンディーズのスーちゃんが亡くなってしまい、とても悲しいです。キャンディーズは私がまる子だった頃の大好きなアイドルでした。特にスーちゃんとは、何回も会った事があり、うちにも遊びに来てくれた事があり、本当に可愛らしくて明るくて、冗談も大好きでよく笑って、とてもステキな人でした。「また遊びに来るね」と言ってくれたので、またいつか遊びに来てくれるだろうと思っていたのに、もう会えなくなってしまいました。

今年の春は悲しい事ばかりで、光の中で揺れる花の色も混ざってにじんで見えています。当分、キャンディーズの歌をカラオケで歌えません。スーちゃんがくれたお化粧用の筆が形見になってしまいました。私の名前を筆に入れてくれてあるんです。

悲しいし、寂しいです。まだスーちゃんが死んじゃったなんて信じられなくて、まとまってない文章ですみません……。

スーちゃん・・・
2011.4.22

お誕生日メールをたくさんありがとうございました!! 私はゴールデンウィーク中もずっと家でのんびり過ごしていました。学校とか会社が休みだからって、私は別に休みじゃないのに毎年ついついつられて休んでしまいます。そのせいでものすごく『ドラゴンクエストモンスターズ ジョーカー』というゲームが進み、もうすぐ大魔王ラプソーンができるので、竜王と配合して竜神王になるのも今日か明日という感じです。……やってない人には全く関係ない話ですみません。私と息子はこのゴールデンウィークの全てをコレに捧《ささ》げていたものですから頭がモンスターの事になっているのです。

私と息子がこのように室内で過ごしている間に、友達は海外に行ったり、ミッちゃんですら温泉に行ったり、なんか充実した日々を送っていたようです。今となってはもう遅いけど、連休中に浅草にドジョウでも食べに行けばよかったな……と思っています。

なーんにも
せずに過ごし
てしまった
あ、
ゲーム
してたか…
ホ…
ホッとしてる
場合じゃないよ
…
2011.5.12

今、バーベキューの道具を買おうかどうしようか悩んでいます。みんなで飲んでいると必ず「よし、ベランダでバーベキューやろう」と盛り上がるのですが、酔いがさめると「……ホントにバーベキューなんてみんなでやるかなァ」と思うのです。支度《したく》も片づけも面倒だし、蚊にさされたり暑かったりして結局家の中の方がいいんじゃないかという事になりそうなんですよね。

でも、飲んでると必ず「ベランダでバーベキューやろうよー」と全員言うんです。私も本気で「そうしよう!!　バーベキューでビールだ!!」と思うんです。それで道具を買おうかどうしようか、2週間ぐらい悩んでいるのですが、とりあえず焼き肉屋に行こうという事になり、行ったんです。

で、みんなで「ユッケ下さい」と言って、店の人に断られました……。不《ふ》謹慎《きんしん》ですよね。生肉が食べたいのなら、バーベキューしなくてもいいし。

よし
バーベキューしよう
セットを買おーっ!!
はー
おー
2011.5.20

2011年
夏

こんなに早く梅雨《つゆ》入りし、こんなに早く台風も来るなんて、本当に変ですよね。なんかもう、これ以上いろんな被害が出ませんようにと祈るばかりです。

それでも家のベランダの花が咲き、メジロが遊びに来ているのを見るとホッとします。この前からどうしようか悩んでいたバーベキュー用品をとうとう購入し、早速《さっそく》荷物が届きました。箱から出すのも面倒臭くてまだ開けてないのですが、このまま開けずに3年くらい経つんじゃないかという情けない予感がよぎっています。

ところで、アニメのちびまる子ちゃんで、サイン本が当たるクイズに37万通も御応募をいただき驚きました。応募下さった方、本当にありがとうございました。たった25名の皆様にしか当たらないのが申し訳ないです……。

今年は、久しぶりに原画展なども企画していますので、またこのサイトでもお知らせしますね！

結局、3カ月以上箱に入ったまま倉庫にしまわれています…

2011. 6. 8

ヒロシはちょいちょいうちに来て、酒を飲んで去ってゆくのだが、この前はカツオを出してあげたら大喜びで、昼間っからかなりいい調子になっていた。

ヒロシによれば、先月の末に清水の親友に会いに行ったらしく、目的もなく静岡市内をドライブし、夕方から安い飲み屋でさんざん飲み、夜は親友の家に行って遅くまで飲んでそのままゴロ寝し、次の日も全く同じように過ごして帰ってきたそうだ。

なんか、ちょっとヒロシがうらやましくなったよ。そんな気ままに遊んだ事なんて、私は学生の頃だって記憶にない。しかも2日も連続でなんて、いよいよない。ヒロシは毎年その親友のところに遊びに行っているので、行くたびにそうやって過ごしているのだろう。

私が少し呆然《ぼうぜん》としていると、ヒロシは何も構《かま》わずに「オレはなァ、アレひとりもわかんねぇんだ、ABC」とAKBを間違え、更に「ああ、ABKだっけ?」とまだ間違っていた。

いいなー…ヒロシ
イエーイ
…
2011. 6.15

うちで冬から飼っていたヘラクレスオオカブトの幼虫が、さなぎになり、昨日メスだけ成虫になりました。成虫になるのは来年だときいていたので、けっこうビックリしています。メスでもやはり日本のカブト虫よりだいぶ大きくて、色が外国っぽいですね。珍《めずら》しくて一日に何回も見ています。オスはまださなぎですが、成虫になるのが楽しみです。すごい立派なんだろうなぁ。

さて、4コマちびまる子ちゃんの10巻が出版されました！　毎日、新聞の4コマを描くのは大変なのですが、どうにか丸4年が経ち、5年目に入りました。こうしてがんばれるのも本当に皆様の御声援のおかげです。小さいお子様から御年配の方々まで、毎朝まるちゃんを見るのが楽しみだと言っていただけるのがどれほど励《はげ》みになっているか……(涙)。感謝に堪《た》えません。せめて10年はがんばりたいと思っておりますので、今後ともどうぞよろしくお願いします！

わっ
やっぱり大きいねっ色も変わってるねぇ
2011.7.4

なでしこジャパン、感動でしたねぇ。本当に、今の日本にこんな大きな喜びを与えてくれて日本中がありがとうですね。

女子サッカーといえば、半田悦子《はんだえつこ》さんという選手がいて、同じクラスにもなった事があり、みんなも私も『えっちゃん』と呼んで親しんでいました。えっちゃんは明るくてサッパリしてて、ものすごくサッカーが上手《うま》かったんですけど、30年前に女子サッカーの大会に出て初めてゴールを決めた選手として、さっきテレビのインタビューに出ていたので「あっ、えっちゃん!!」と思わず叫んでしまいました。

えっちゃんは現在も女子サッカーの仕事をしているようです。テレビに出たえっちゃんは、昔と同じ笑顔で懐《なつ》かしくなりました。ちなみに、たまちゃんはえっちゃんと高校の頃同じクラスで仲が良く、今も仲良しなんですよ。なでしこジャパンからえっちゃんのこぼれ話になりましたが、うれしい気持ちです。

2011.7.20

この前、またヒロシがやってきてうちで飲んでいたのだが、話題が原発になり、高速増殖原型炉《ぞうしょくげんけいろ》『もんじゅ』の話になった。私が「もんじゅも怖いよね」と言うと、ヒロシが「ああ、もんじろうな」と言った。もんじろうなんて、木枯《こが》らし紋次郎以来きいた事がない。私が、「もんじゅだよ」と言うと、ヒロシは「ああそうだ、もんじゅろうだった」と言った。どうしても、あの高速増殖原型炉に「郎」をつけたいようだ。

飲みすぎて大酔っ払いになったヒロシは、さんざんふざけておどけ、みんな大笑いだったが、「フジの散歩をしないと、あいつ小便我慢《がまん》して待ってるから」と言って帰った。そういうところだけは真面目なのである。フジもだいぶ老犬になったが、両親の家でものすごく可愛《かわい》がられており、小便を我慢しながら元気に過ごしている。ヒロシには、散歩の時だけしかなついていないらしい。利口《りこう》な犬だよなと思うよ。

もんじろうかァ
それは木枯しだよ…
思わずまる子に……!!
2011.8.3

先週、息子とミッちゃんと一緒に福井県の三国《みくに》の花火大会に行ってきた。福井には息子が小学校一年生の時からの親友の木村君が住んでいて、花火大会に招待してくれたのだ。

木村家は毎年この花火大会を見るために旅館の一室を確保しており、部屋には木村君の親せきの人達も集まっていた。みんな、飲んだり食べたりしながら楽しそうに花火が始まるのを待っていたよ。親せきの人達が「この部屋で見る花火はとにかくすごいよ。すぐそこに火の粉《こ》が落ちるぐらい近いから、びっくりしてドキドキするよ」と言っていたので我々の期待は高まった。

そして花火が始まり、一発目からびっくりしてドキドキした。こんな大きい花火、見た事ない。一発目のドキドキもやまぬうちに、次々とものすごい迫力で花火が打ち上げられ、海中からも花火が発射され、私とミッちゃんはもうただただ圧倒されて感動して泣きながら見ていたよ。息子も呆然としていました。

わっ
ドーン
すごいねえ
2011. 8. 18

名古屋のタカシマヤの「さくらももこ『ちびまる子ちゃん展』」と、東京の日本橋三越本店の「ちびまる子ちゃん感謝祭」に多くの方が来て下さり、本当にありがとうございました。一番暑い時期に、足を運んでいただいて、それを思うだけでも感謝に堪えません。また引き続き、各地で行いますので、お近くで開催されました際にはぜひよろしくお願い致します。

今回の原画展では、新聞の4コマのリトグラフも販売しています。20周年の時のリトグラフはバリ島のアリミニさんとのコラボで描きおろしでしたが、今回の4コマのリトグラフは新聞に載った原稿のものです。これもなかなかかわいいですよ。直筆サインも心を込めて書きました。アリミニさんの時のリトグラフよりだいぶお手頃価格になってます。と言っても6万円くらいするので高いですよね……。すみません。安くてかわいいグッズも、もっといろいろ考えますね。コジコジのグッズも、増やしてゆきたいです！

うちにも4コマのリトグラフ飾ってあるよ
まだ在庫ありますのでよろしければぜひ!!
2011.8.29

2011年
秋

夏休みも終わり、息子はしみじみと「……楽しかったなぁ。もう終わっちゃうのか」と泣きそうになっていました。

それでも、世界陸上が始まったので、夏休みが終わった寂しさも忘れて一緒に観ました。息子もボルトのファンなので、ものすごく応援していたのですが、100メートル走で失格になった時にはガッカリし、また夏休みが終わった寂しさが盛り返していました。もちろん私もガッカリし、あの日は早く寝ました。

でも、200メートル走と400メートルリレーのボルトは良かったですね。ケニアの選手も面白かったです。

今週は、『高校生クイズ』もやるので楽しみです。あれ、感動しますからねぇ。高校生えらいなぁって。

それにしても、台風の被害が深刻ですね。あんなに雨が降るなんて……。もうこれ以上ひどい事が起こりませんようにと祈るばかりです。

…ボルト
失格…
ガーン
ショックで早寝しました
2011.9.6

飼っていた金魚が死んだので、また熱帯魚を飼う事にした。飼いやすい種類ばかりをいろいろ選んで水槽に入れ、流木や水草も入れたらまるで天国のように美しい水槽になったよ。ついこの前まで死にそうな金魚が一匹だけ入っていたので、すさんでドンヨリしていた空間が、一気に景気よくなりました。

話は変わりますが、この前タクシーに乗ったら、車内に蚊《か》が2匹もいたので身構えました。運転手さんは全く気がついていない様子だったので、小さい声で「……蚊がいますね」と言ったのですが無視され、仕方なくこっそり退治することにしたのですが、家で退治する時のようにバンバン派手に退治するわけにはいかず、やっと1匹殺したのですがまだ1匹は飛び回っており、見ているだけで体じゅうがかゆくなってきた気がして本当に最悪でした。家に着く間際に2匹目も退治し、あの運転手は私の苦労も知らずに走り去ってゆきました。思い出してもかゆくなります。

わー
キレイ!!
金魚より
だいぶ
いいね
2011.9.16

※トンデモ大冒険の石井さんが誕生日だったので、ドレミで誕生会を開く事にした。誕生会を開く事は石井さんに内緒《ないしょ》にして、私とミッちゃんは必死で準備をした。うすい色紙で花を作って飾ったり、おめでとうのポスターを描いたり、友人達に集まるようにメールしたり、食べ物の用意などで朝からてんてこまいでした。

何も知らずに到着した石井さんはすごく感激し、仲間の本間さんと小暮君以外の私の友人達にも祝福され、「こんないい誕生日を迎えられたのは初めてです」と言って喜んだので、みんなもうれしくてどんどん酔っ払って笑うわ歌うわの大騒ぎになりました。

石井さんは一応、仕事の話もあったようですが、その話はだいたい5分程で終了しました。みんなかなり酔っ払っていたので、仕事の話になったとたん少し眠くなっている人もいたよ(笑)。

※『ももこのトンデモ大冒険』のこと。

こんな誕生会
石井さん おめでとう
生まれて初めてです
パチ
パチ
ワー
パチ
初対面の人達に囲まれ誕生日を祝われた石井さん
2011.9.30

この前、久しぶりに資生堂の長尾さんに会った。長尾さんはバリのリゾートスパを造った後、しばらく東京勤務をしていたが、2年前からベトナム勤務になり、年に数回しか会えなくなってしまったのだ。前回会ったのは大震災の前日の3月10日だったので、長尾さんは大変な目にあった。翌日ベトナムに帰る予定だった長尾さんは、成田に向かう首都高のタクシーの中で地震にあい、大渋滞に巻きこまれたまま夜やっと成田に着き、空港で一泊することになったのだ。わざわざベトナムから帰ってきてこんなとんでもない目にあうなんて、気の毒だよなぁと思ったよ。

あの地震以来、久しぶりに会えたので、長尾さんは会ったとたんに「先生、ご無事でよかったです」と言って涙まで流し、こちらも思わず涙でした。とは言っても、当然メール等でお互いの無事は知っていたのですが。涙ながらの再会を、息子は大ウケで見ていました……。

先生、ご無事でヨカッタです
泣くんじゃないよォ
アハハ…
2011.10.11

11月から来年1月に、香港《ホンコン》でちびまる子ちゃんのイベントをやる事になったのですが、香港の友人のアイバンがプロデュースをしてくれて、今バタバタしています。

アイバンは今30才くらいですが、20代の頃は香港でアイドルだったというだけあり、なかなかのハンサムです。ハデな業界でいろいろな仕事をしているようですが、真面目ないい奴なんですよ。もちろん、日本語もペラペラで、カラオケも上手で、只今日本人のステキな彼女を募集中です。もしやアイバンに会う機会があり、自分こそアイバンの彼女にピッタリだとピンときた方は、一応アイバンにさりげなくアタックしてみてはいかがでしょうか。アイバンの好みは、和風な美人で真面目で明るく旅行が好きな女の子らしいです。

私もスタッフや友人を誘ってみんなで香港のイベントをチラッと見に行ってみようかなと思っています。仕事が済めばですが……。

さて
これが
アイバンです
アイバン
我こそは
と思う人は
会う機会が
あると
いいね!!
2011.10.21

とうとう、おそうじロボ『ルンバ』を買った。これまで、ルンバのニセ物みたいなロボを2〜3回買い、いまいちだよなー……と思って後悔してきたが、今回いよいよ最新型のルンバを手に入れ、ああやっぱり本物は全然違うと実感している。

ルンバに迷惑をかけちゃいけないと思い、部屋を片づけ、だいたいキレイになったところにルンバを走らせた。結局キレイにしたのは自分じゃないか、なんて思ったらいけないのだ。ルンバは片づけロボじゃなく、おそうじロボなので片づけは自分の仕事だ。まだ〝だいたい〟しかキレイになってないのだから、〝だいたい〟以外の細《こま》かいところをルンバに頼むのが筋というものだろう。

ルンバは期待に応え、細かいゴミやホコリをずいぶん回収してくれた。私は1時間ぐらいルンバを見守っていたが、犬みたいにいたずらもせず、非常によく働いていた。見守っていた1時間は、ムダだったかもしれない。

おー
そっちに行くんだ。へー、意外
こうして何もせずルンバを見守って一時間過ぎた。
2011.10.27

私の仕事部屋は2畳ぐらいで、ちょっとしたいい感じのトイレ程度の広さなのだが、どうしてもこの場所が気に入って、もう6年以上ここで仕事をしている。もともと、クローゼット用に作られたスペースなのだが窓もあり、机もピッタリ入るしテレビも電話も使える。CDプレーヤーもあるしDSもやれる。

ただ、棚が自分の手作りだったので、地震が来るたびにビクビクしていた。このボロい棚さえ立派だったら、どんなに便利で快適だろうとずっと思っていたが、棚の工事を頼むとなると、本の移動や片付けが面倒臭いと思い、そのままにしていたのだ。

だが、屋根に雨もりが発生したので大工さんに来てもらう事になり、そのついでに棚の工事もしてもらう事になった。

たった2~3時間でボロ棚から立派な棚になり、今までの10倍快適になった。さっさとこうしてもらえばよかったと、していなかった年月が悔《く》やまれるよ。

なんて立派な棚でしょう
ああうれしい!!
2011.11.7

日曜の深夜、浅草の酉《とり》の市《いち》に行った。ミッちゃんと、けっこう飲んでから行ったのだが、もっと混んでるかと思ったら全然すいていて拍子《ひょうし》抜《ぬ》けしたよ。お店もかなり閉まっていたのでちょっと寂しかったけど、でもゆっくり見られてよかったです。会社用とドレミ用の熊手《くまで》を買いました。あと、仕事場に置く小さい熊手も買ったよ。熊手の飾りは縁起がいいモノばっかりゴチャゴチャ山ほどついていて、面白いしかわいいのでつい何個も欲しくなります。頼まれてもいないのに、友達の分まで買ったりして、結局8個も買ってしまいました。

帰り道で、ろくでもない屋台ふうの飲み屋に立ち寄り、モツ煮込みやヤキソバを食べてビールを飲みました。私は夜中に外をウロウロする事なんてほとんどないので、たまにはこうして夜中に外をウロつくのも楽しいなと思いました。熊手もたくさん買ったし、いい事がいっぱいあるといいな。

いっぱい買ったね
いい事あるといいですね
み焼き
2011. 11. 18

2011年 冬

酉の市で買った熊手がかわいくて、自分でもこういう縁起物を作ってみようと思い、いっしょうけんめい作ってみました。

そしたら、なんとかわいらしくできたことでしょう!! 近所のお酒屋さんにムリを言って一升《いっしょう》マスをゆずってもらったかいがあったよ。これはとても良くできたので、今度のまんねん日記の表紙に使おうと思っています。それを見たら「お、あれか」と思って下さいね。

これに気を良くした私は、縁起物の絵も描いて、リトグラフにして友人に配る事を思いつきました。別に何の記念でもないのに、私の友人達はたぶん年内に、このやたらと縁起の良いリトグラフを一方的に受け取る事になるのです。ミッちゃんなんて、この前おばあちゃんが亡くなったばかりなのに、受け取らなくてはならないんだよ……。でも、ここはひとつ、パーッと景気よくいこうって事で。

2011. 12. 7

先週、香港のちびまる子ちゃんのイベントに行ってきました。イベントでは、松雪泰子《まつゆきやすこ》さんの弟の松雪陽《よう》君が、香港の歌手と一緒に歌を歌ってくれました。私は松雪家とは家族ぐるみで仲良くしており、陽君はミュージシャンなので、イベントにも参加してもらったのです。イベントは大盛況で、一緒に行ったスタッフや友達もみんな感激していました。香港でも、こんなにまる子達がかわいがってもらえて、私もジーンとしました。

それから、この年末で4年半続けていた新聞4コマを終了する事になりました。本当に毎日大変な仕事でしたが、自分にとって新しいジャンルにチャレンジできて、得る事が多い日々でした。ものすごく多くの皆様に応援していただけた事も、幸せでした。無事に終了してホッとしています。これからは、また新しい作品をがんばって描きたいと思いますので、よろしくお願いします。

長い間4コマを
応援して下さって本当にありがとうございました
2011.12.22

先週は、クリスマスのために準備したり、クリスマス会をやったりで毎日バタバタと忙しく過ごしていました。今年は男子の会のみんなが用事で来られなかったのですが、男子の会以外の友達が続々と来て大騒ぎでした。大みそかもみんなで騒ぎながら紅白を見るのが楽しみです。

皆様、今年も温かい応援ありがとうございました。今年は、日本でも世界でも大変な事がたくさんあり、激動の年になりましたね。来年は、希望と喜びの年になりますようにと心から祈っております。

私も来年はぼちぼちいろいろな作品をがんばって作ってゆこうと思っていますので、どうぞよろしくお願いします。

寒いですから、せっかくの年末年始にカゼひいたりしませんよう。私も、飲みすぎ食べすぎに気をつけます。

皆様、よいお年を!!

♫ ア〜ア〜〜 ♪
カラオケ中
ワハハ
2011.12.28

香港のイベントツアー

アイバンのプロデュースした『ちびまる子ちゃん』のイベントを見に、スタッフや友人みんなで香港に行った。

今回は香港島のフォーシーズンズホテルに泊まったのだが、窓から港が見えるものすごくロマンチックな部屋だった。こんないい部屋に、ミッちゃんと泊まるのも惜しいなァと思ってボンヤリ窓の外を眺めていると、続々とみんながうちの部屋に集まってきて、夜中まで飲んで騒いで酔っ払って眠った。これじゃいつものドレミと同じ状態である。

翌日、松雪君がイベント会場で歌をうたうというので、みんな午前中から会場に向かったのだが、私とミッちゃんはホテルに残る事にした。自分の作品のイベントなのに、しかも友人の松雪君が歌までうたうというのに行かないなんて、よっぽどの二日酔いか或いは怠け者かのどちらかだろうと思われるだろうが、私は自分のイベント会場に行

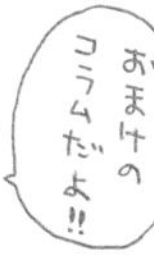

く勇気がないのである。自分の作品のために集まってくれているお客さんを見るだけでもドキドキしてとてもその場にいられないのだ。情けないと言われても、そういう性分なので仕方ないのだ。それで、ミッちゃんはイベント会場に行きたいと言っていたが、ひとりでホテルで待っているのもつまらないので「行かないでぇ」と腕をつかんで引き止めたのであった。もちろんミッちゃんはブーブー文句を言っていた。「私だって、イベント会場を見たいですよ」とか言っていたが、諦めてもらうしかない。

午前中から夕方まで、我々は大量のヒマを得た。何もする事がないので、酒を飲んだり音楽を聴いたり、窓の向こうの港を行き交う船を眺めたりしていた。港は午前中の海の輝きから昼下がりのけだるい色に変わり、ゆっくりオレンジ色になっていった。私は、海外に行ってこういうふうにホテルでゆっくり過ごすのが好きだ。せっかくの海外なのに、ホテルでボケッとしているなんてもったいないという意見も

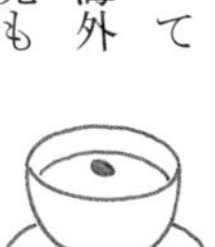

わかるが、私はあんまり歩き回りたくない。疲れたくないのだ。
アウトドア派のミッちゃんは、さぞや退屈してるだろうと思ったが、意外にも「先生、海外でこうやってゆっくり過ごすのっていいもんですね。私、初めて知りました。今までホテルで過ごすなんて、しかもあんなに狭い部屋で、わざわざ海外まで来てるのに一刻もムダにできないと思ってましたが、いい部屋だと違うんですねー」と言った。ミッちゃんの今までのビンボー旅行ぶりがうかがえる。ちょっといい部屋だと違うという事が、わかってもらっただけでもよかった。
ボケ〜ッとして夕方になった頃、みんな帰ってきて、アイバンの御両親が招待してくれたレストランに向かった。繁華街にあるレストランは、北京ダックが有名な店という話だったが、北京ダック以外も何でもおいしくて、多人数の我々団体にこんな立派な食事をごちそうしてくれるアイバンの御両親に申し訳なくなった。私は北京ダックよりも、ピータンとアワビがおいしいと思った事も、少し申し訳ないと

❶ホテルの「いい部屋」から見える香港の港。絶景です。❷アイバンの御両親が招待してくれたお店でいただいた北京ダック。美味しいです。❸さらに美味だったアワビ。

思った。

その後、終了間際のイベント会場に向かったのだが、まだお客さんがけっこういて、私はうろたえた。お客さんの中に紛れて自分がイベント会場に入ってゆく勇気がないのだ。しかし、ここまで来て何も見ずに帰るわけにもいかないので、みんなと一緒にイベント会場をウロつき、香港の皆さんが喜んで下さっている姿も直接見て感激しつつ会場をソッと去った。アイバンが苦労してイベントをやってくれている事にも心から感謝した。この会場で、松雪君ががんばって歌ったんだなァと思うと、ありがたさもひとしおだった。私とミッちゃんが呑気に過ごしてる間に……。

こうして楽しく香港から戻ってきた。アイバンと御両親、そして香港の皆様には感謝の気持ちでいっぱいです。また改めて香港にはゆっくり行きたいです。

❶ようやく訪れたイベント会場。なかなか入る勇気がでない著者の後ろ姿に哀愁が漂う。
❷人形に抱きつく可愛い香港のお子さん！
❸カラオケルーム「ドレミ」の看板も展示。ママの著者と、チーママのミッちゃんの姿が。
❹会場に展示されたサンタ姿のまる子人形。
❺イベント鑑賞後、ホテルのラウンジで乾杯。うっかり頼んだ唐辛子の激辛カクテルです。

あとがき③

二〇一一年は、東日本大震災が起こり日本中が悲しみと恐怖に包まれました。私も東京の自宅で地震にあい、過去に体験した事のない大きな揺れにとまどい、室内を逃げまどう犬さえ抱いてあげる事もできずにただ立ちすくむだけでした。

幸いその日は息子が学校のテスト休みで自宅におり、お互いに無事を確認してホッとしましたが、次々と起こる余震におびえ、連絡のとれない友人達の心配をしつつテレビ画面を見ていました。

本震から数十分後、大津波が平和な町を呑み込んでゆく映像が流れました。私はテレビの前で泣きながら「早く逃げて逃げてっ」と叫び続けました。都内も交通網がストップし、街には帰宅困難者があふれました。千葉のコンビナートは火災になり燃え続け、気仙沼は津波と火災でまさに火の海となり、全体でどれだけ被害が出たのかわからないまま夜が過ぎてゆきました。

あの日から、連日悲しい映像が流れました。あの日を境に、ものすごく多くの人々の幸せが失われました。思い出の家も物も、黒い波に呑まれてガレキになってしまいました。

私は毎日「……冗談じゃないよ、なんでこんな事に……」と泣いて過ごしていました。ショックで仕事もできなくなりました。自分の仕事なんて、何の役にも立たないし、意味が無いと感じました。

そして原発が爆発しました。外国からも日本はもうおしまいだと言われ、みんなくじけそうになりました。

原爆を2発も落とされた国が、今度は原発が3基爆発するなんて、一体何なんだと嘆く声ばかりが聞こえました。

この美しい国日本が、真面目で優しくて面白い事が大好きな日本人が、何度もこんな目にあうなんて……と悲しくて涙ばかりの日々でした。

まだまだ放射能に怯《おび》える日々は続いています。地震も起こっています。火山帯にある日本の狭い国土に停止したままの原発が、廃炉になったものも含めて50基以上も建っています。

外国で暮らした方がいいかもしれません。でも、日本の問題は世界の問題です。世界の問題は日本にも降りかかってくる問題です。

今、世界中がいろいろな事を考え直さなくてはならない時期がきたと感じています。きっと、人類はみんなで幸せに暮らせる方法を見つけてゆくと思います。いろんな分野からいろんな角度で、幸せのために進歩してゆくと思います。特に日本は、その力が大きいと思います。そう願っています。

私は日本が大好きです。年を重ねるごとに日本の良さを味わっています。だから、本当にもっともっと良くなる事を祈ります。

どうか愛する皆様も、お元気でありますように。

さくら　ももこ

本文デザイン　小川恵子（瀬戸内デザイン）

本書は、『ももこのまんねん日記』（集英社／二〇一〇年三月刊）、
『ももこのまんねん日記２０１１』（集英社／二〇一一年三月刊）、
『ももこのまんねん日記２０１２』（集英社／二〇一二年六月刊）を
合本し、再編集したものです。

初出
さくらももこ携帯サイト　二〇〇八年十一月〜二〇一一年十二月
イラスト／単行本描き下ろし
民芸品の店『平田』／「小説すばる」二〇一〇年四月号
香港のイベントツアー／単行本書き下ろし

写真／久保陽子・さくらプロダクション

またねー!! 元気でね。
MOMO

さくらももこの本

もものかんづめ

短大時代に体験した、存在意味不明な食品売り場でのアルバイト。たった2ヶ月間のOL時代に遭遇した恐怖の歓迎会等々。さくらももこの原点を語る大ベストセラー！

集英社文庫

さくらももこの本

ひとりずもう

のん気だった女子校での生活、星に祈った淡い初恋……。まる子が、将来について考え始め、漫画家「さくらももこ」になるまでの青春時代の甘酸っぱいエピソードの数々。笑いと涙の自伝エッセイ集！

集英社文庫

さくらももこの本

おんぶにだっこ

2歳になっても飲み続けた母乳の味、小学1年生で運命的に出会った「たまちゃん」の話……。「まる子」以前の幼年期のピュアな気持ちを書き綴ったエッセイ。さくらももこの原点を明かす一冊！

集英社文庫

さくらももこの本

焼きそばうえだ

植田さんのために バリに焼きそば屋を開店する!? 物件交渉や自前の看板作りなど、様々な難題がふりかかる中、さくらさん自ら全力投球で立ち向かうが……。爆笑必至、ジョーダンみたいな本当の話!

集英社文庫

さくらももこの本

ももこの世界あっちこっちめぐり

ももこと一緒に爆笑の旅へ出かけよう！　バルセロナ、バリ、サンフランシスコ……。世界の名所&迷所を股にかけた旅の思い出を綴る。読めばあなたも旅に出たくなる、抱腹絶倒の世界珍道中エッセイ。

さくらももこの本

のほほん絵日記

誰よりも犬の世話をするのに、犬に懐かれない父ヒロシ……。笑えてトホホな日常のエピソードが満載！　ほのぼの&面白かわいい、読んで癒されるオールカラーの絵日記帳。

集英社文庫

ももこのまんねん日記《にっき》

2024年1月25日　第1刷　　定価はカバーに表示してあります。
2024年2月14日　第2刷

著　者　さくらももこ

発行者　樋口尚也

発行所　株式会社 集英社
東京都千代田区一ツ橋2-5-10　〒101-8050
電話　【編集部】03-3230-6095
【読者係】03-3230-6080
【販売部】03-3230-6393(書店専用)

印　刷　TOPPAN株式会社

製　本　TOPPAN株式会社

フォーマットデザイン　アリヤマデザインストア　　マークデザイン　居山浩二

ISBN978-4-08-744605-0 C0195